在流放地

[奥] 弗兰茨·卡夫卡 著

李文俊 译

新流出品

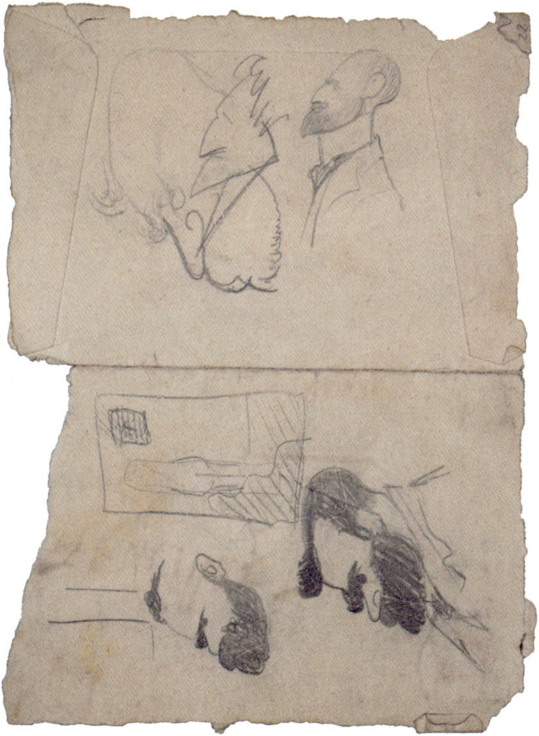

21
22
25
23

91

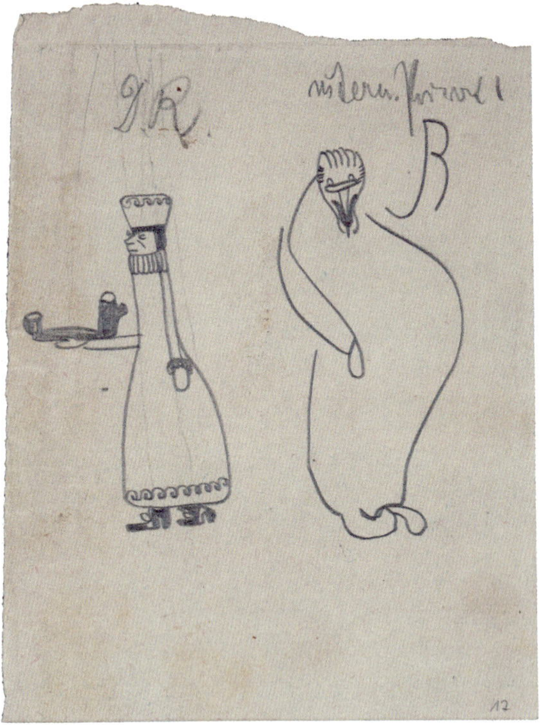

13

12 [illegible]

[illegible]

[illegible] I J. [illegible]

[illegible] — [illegible]

[illegible] — S. H. II J —

Justizminister

[illegible]

we could have the lesson at my sister's (Rubésgasse 3 - parterre links.) The street is just behind the Museum; from Brandlgasse it is the first turning to the left. Next Wednesday (the 6th) I have to play at a Concert in Gablonz. I hope you are keeping well. With kind regards
Yours sincerely
Lucie V. Thurston.

以上为弗兰茨·卡夫卡所创作的画及其手稿。

卡夫卡作品中的希望和荒诞

加缪 文

绿原 译

卡夫卡的全部艺术在于使读者不得不一读再读。它的结局，甚或没有结局，都容许有种种解释，这些解释都是含而不露的，为了显得确有其事，便要求按照新观点再读一遍。常常可能有两种读法，因此读两遍看来是必要的。作者的本意也正是这样。但是，如果想把卡夫卡的作品解说得详详细细，一丝不差，那就错了。一个象征永远是普遍性的，而且尽管它可以构思得一清二楚，一个艺术家却只能暗示它。字面上的复现是不可能的。此外，没有什么比一件象征艺术品更难以理解的了。一个象征始终超越利用这个象征的艺术品，并使它实际上表现得比它存心要说的更多。所以，只要不打破砂锅问到底，并不存心穷究它的潜在意义，而是不怀先入之见，让作品来影响自己，那我们就能最可靠地理解它了。特别是读卡夫卡，最好还是顺应他的笔路，从外部现象来掌握戏剧，从形式来掌握小说。对于一个天真的读者，第一眼看到的就是令人不安的奇闻；这些奇闻涉及这样一些人物，他们战栗而固执地琢磨着一些从未讲清楚的问题。

在《审判》中，约瑟夫·K被控拆了。但他不知道为什么。他坚持为自己辩护，但也不知道为什么。律师们认为他的案子很繁难。同时，他却没有耽误恋爱、饮食和读报。后来他被判决了。但法庭很阴暗。他有点莫名其妙。他只是猜测他被判决了，但几乎没问过判了什么刑。有时他甚至怀疑是不是判了刑，他继续活下去。过了很久才来了两个衣冠楚楚、文质彬彬的人，请他跟着他们走。他们极有礼貌地把他引到荒凉的郊外，把他的头放在石头上,把他杀掉了。被判决的人死前只说了半句:"像一条狗。"

可见:对于一篇小说,如果它最明显的特征是自然性,那就谈不上什么象征了。自然性是个难以理解的范畴。在许多作品中,读者发现既有情节完全是自然而然的。在另一些作品中(它们当然很稀罕),主人公发现他所遭遇的一切完全是自然而然的。一个值得注意但也显而易见的佯谬是:主人公的遭遇越是不寻常,故事便越显得自然而然;它正符合人生的庞杂性与此人借以承担此种生活的质朴性之间的明显差距。看来这就是卡夫卡的自然性。正是这样,我们才确切地感受到《审判》所要陈述的一切。有人说过,它是人的境遇的一个复本。一点不错。但是,事情既简单又复杂。我就此想说:对于卡夫卡,小说有一种更特殊、更涉及个人的意义。当我们忏悔的时候,他在某种程度上代替我们在说话。他活着,他却被判决了。他在小说的前几页就体验到这一点,他本人在这个世界上就经历了这部小说,每当他设法改悔时,都毫不令人惊讶地发生了这样的事情。对于这种毫不惊讶的态度,他倒感到惊讶不已。从这种矛盾可以看出一件荒诞艺术品的最初的征兆。天才作家把他的精神悲剧具体地突现出来。而他能够做到这一点,只有借助于进一步的佯谬手法,就是为了复现空虚而发明颜色,并使日常活动有能力表现对于永恒的追求。

也许《城堡》正是这样,才成为一部转化为情节的神学著作,但首先是一个寻求恩赐的心灵的个人奇遇,是这样一个人的奇遇,他向世界万物探寻王室的秘密,向妇女探寻睡在她们身体内的上帝的标志。反之,《变形记》则是一部明察秋毫的伦理学的惊人的画卷,但它也是人在发觉自己一下子变成动物时所经验的那种骇异感的产物。这种基本的双重意义就是卡夫卡的秘密所在。自然性与非常性之间、个性与普遍性之间、悲剧性与日常性之间、荒诞性与逻辑性之间的这种持续不断的抵消作用，贯穿着他的全部作品，并赋予它以反响与意义。要想理解荒诞作品，必须清点一下这些佯谬手法，必须使这些矛盾粗略化。

一个象征先要有两个平面，一个观念的世界和一个感觉的世界，此外还要有适合于二者的词汇。提供这种词典是最困难的。理解这两个变得历历在目的世界，就是找出它们相互间的隐秘关系。在卡夫卡的作品中，一方面是日常生活的世界，另一方面是超自然的苦恼的世界。看来我们这里不得不漫无边际地解释一下尼采的一句话："大问题俯拾即是。"人的境遇（这是一切文学的共同场所）经受着表现为一种基本的荒诞和表现为一种严峻的伟大。两者天然地同时发生。两者表现为可笑的分裂，把我们心灵的无限性同暂时的肉体的欢乐分裂开来。荒诞的是，心灵竟然属于一个肉体，它原本超出后者不知多么远。谁要表现这种荒诞性，必须使它在平行的对立面的运动中活跃起来。卡夫卡就是这样用普通事物表现悲剧，用逻辑性表现荒诞的。

一个演员越少夸张，便越是令人信服地扮演了一个悲剧角色。如果他很有分寸，他唤起的恐惧和惊骇会是无穷无尽的。希腊悲剧在这方面就很有教益。在一部悲剧作品中，命运在逻辑性和自然性的面具下变得最清楚。俄狄浦斯的命运是被预言过的，超自然的力量已经决定，他将犯下弑父娶母罪。戏剧本可以充分提示使主人公的灾祸得以一步步实现的逻辑规律。仅仅提示一下这个不寻常的命运也不至于那么吓人，因为它毕竟是个未必会有的命运。但是，一旦它在社会、国家和亲昵经验的日常范围内作为必然性呈现在我们面前，惊恐就有其根据了。使人们战栗地说出"这绝不可能"的反对理由，同时也包含着绝望的确信，"这"实在是可能的。

个中就是希腊悲剧的全部秘密，或者至少是这个秘密的一个方面。就是说，还有另一方面允许我们借助相反的方法，更好地理解卡夫卡。人心有一种恼人的倾向，仅仅把某种摧毁人的东西称为命运。但是，由于幸运是不可避免的，所以按其方式来说也是不合理的。虽然如此，现代人只要认识到它的话，就都把它归功于己。此外，关于希腊悲剧所偏爱的命运，还大有可谈之处，古代传说中最受人喜爱的角色也是这样，他们（如奥德修斯）在最凶险的遭遇中又重新自行得救了，找到绮色佳[1]的归途却不那么容易啊。

无论如何有必要抓住在悲剧事物中把逻辑性和日常性结合起来的隐秘关系。正因为这样，《变形记》的主人公萨姆沙才是一个旅行推销员。正因为这样，使他在变成甲虫的罕见的遭遇中感到忧虑

---

[1] 传说中奥德修斯的家乡。

的，只有一件事：他的上司会不会为他的缺勤而发脾气。他长出了爪子和触须，他的脊椎弯曲起来，白色斑点盖满了他的腹部——我不能说，这件事使他骇然，这个效果未必确切——这一切在他身上倒引起了一阵"淡淡的哀愁"。卡夫卡的整个艺术就在于这种细微差别。在他的主要著作《城堡》中，日常生活的细节又占了优势，在这部与众不同的小说中，一切都是徒劳无功的，永远不得不重新开始，从中就表现了一种寻求恩赐的灵魂的存在的奇遇。像这样把问题变成行动，像这样使普遍事物和特殊事物相结合，还可见之于每个伟大艺术家都擅长的一些小手法中。在《审判》中，主人公也可以叫作施密特或者弗兰茨·卡夫卡。他却叫约瑟夫·K。他不是卡夫卡，他又确是卡夫卡。他是个普通欧洲人，一个凡人。此外，K这个人却又活生生地等于某个人。

卡夫卡甚至在表现荒诞时也采用这个关系。我们都知道傻子在浴盆里钓鱼的笑话；一个正在思考精神病医疗方案的大夫问他："上钩了吗？"得到的却是一个粗暴的回答："你这个白痴！在浴盆里吗？"这个笑话有点古怪，但它清楚地使人理解，荒诞的效果多么取决于逻辑上的过度。卡夫卡的世界实际上是个不可言说的天地，人在里面沉湎于痛苦的奢侈，在浴盆里钓鱼，虽然他明知道毫无收获。

因此本文有必要按照他的基本原则谈谈他的荒诞作品。例如《审判》，我可以说，它的成就是圆满的。肉体胜利了。这里什么也不缺少——不缺少尽在不言中的反抗（它就是作者本人），也不缺少看得透、说不出的绝望（它就是创造的因素），更不缺少不可思议的行为自由，小说中的人物一直到死都生活在这种自由中。

然而，世界并不是像它表面上看起来那样封闭着的。在这个没有出路的宇宙中，卡夫卡引进了一种特殊的希望。这样看来,《审判》和《城堡》并不完全相符,它们却相辅相成。可以从一部作品到另一部作品之间觉察到的看不见的进步,实际上同退避难分轩轾,恰如一次无限的征服。《审判》提出了一个问题,《城堡》以某种方式把它解决了。前一部按照一种似乎科学的方法描写,没有得出任何结论,后一部仿佛提供了解答。《审判》诊断病情,《城堡》开出疗方。但被推荐的药物在这里无济于事,它只能使疾病在正常生活中复发,它可以帮助人忍受疾病。在某种意义上(让我们想想克尔恺郭尔吧),它甚至使我们爱上了疾病。土地测量员 K 一心只想着使他坐卧不安的忧虑。连他的熟人都为这种空虚、为这种无名的痛苦所控制。仿佛烦恼在作品中有一个偏爱的形态。弗丽达对 K 说:"我多需要待在你身边啊,打我认识你以来,我就没离开过你。"这种微妙的药物使我们爱上了毁灭我们的东西,使希望出现在一个没有出路的世界,这种突如其来的"飞跃"使一切为之改观，这就是存在主义革命的秘密，也是《城堡》固有的秘密。

很少有艺术品像《城堡》那样在结尾处显得冷酷无情。K被委派为城堡的土地测量员，于是来到了村庄。但村庄和城堡老死不相往来。K从各个方面着手，固执地坚持寻找一条通道，他尝试了一切办法，施了小计，探了小路，从没生过气，而是怀着一种莫名其妙的信念，一心想去担任人家委派给他的职务。每一章都是一次挫折，但也是一次东山再起。这不是逻辑，而是坚忍不拔。正是以这种充分的执拗为基础，产生了作品的悲剧性。K同城堡通电话，他听见一阵嘈杂的声音，模糊的笑声和遥远的呼唤声。这就足以维系他的希望了——正如出现在夏空的某种征兆，或如对我们具有生活意义的黄昏之约。我们在这里发现了卡夫卡的特殊哀愁的秘密。此外，我们还在普鲁斯特的作品中或者在普罗提诺的景物中，碰见了同样的哀愁，即对于失去的乐园的眷恋。奥尔加说:"巴纳巴斯早上说他要到城堡去,我听了很伤心。这说不定是条冤枉路,这说不定是白过的一天,这说不定是一场落空的希望。""说不定"——卡夫卡的全部作品也就是这个调调儿。但是,它无济于事;对永恒的追求在作品中是怯懦的。而这些生气勃勃的机械装置(卡夫卡的人物都是)却使我们想到,我们要是没有自己的消遣,完全蒙受神性事物的屈辱,将会变成什么样子。

在《城堡》中,这种对日常生活的屈服变成了一种伦理学。K的伟大的希望是,他最终会被城堡接纳。因为他独自一人做不到,他便想方设法来邀获这项恩宠,如变成一个村庄居民,抛弃外来户的身份(当时每个人都让他感觉到自己是个外来户)。他想有个职业,有个家,过正常、健康人的生活。他再也受不了他出的洋相。他想要过理智的生活。他想摆脱那使他同村庄格格不入的奇怪的诅咒。同弗丽达勾搭后的一段插曲在这方面是颇有意义的。如果他把这个认识了一位城堡官员的女人作为自己的情人,那不过是为了她的过去的缘故。他尽量从她身上利用比他本人更强的东西——但同时他心里明白,是什么使她在城堡的眼中永远不足取。想一想克尔恺郭尔对雷吉娜·奥尔森的特殊的爱吧。在许多人身上,吞噬他们的永恒之火强大到连他们朋友和熟人的心都会被燃烧掉。《城堡》的这段插曲还涉及一个不幸的错误,即把不属于上帝的归于上帝。但是,对于卡夫卡,这显然不是什么错误,而是一条教义和一个"飞跃"。它一点也没拿出不属于上帝的东西。

土地测量员甩掉弗丽达,找巴纳巴斯的姊妹去了,这件事更有意义。就是说,巴纳巴斯一家是村庄里唯一同城堡、同村庄本身都不来往的。姊姊阿玛丽亚拒绝了一位城堡官员多次向她提出的猥亵的求欢。不道德的咒骂便追随着她,永远把她逐出了上帝的爱。谁不能为上帝牺牲自己的荣誉,谁就不配得到上帝的恩宠。我们从中辨认出一个存在主义哲学所熟悉的主题:与道德相对立的真理。不过,许多事情还很渺茫。因为卡夫卡的主人公所走过的道路,从弗丽达到巴纳巴斯的姊妹的道路,是从信而不疑的爱到荒诞崇拜的道路。就是在这里,卡夫卡也在追随克尔恺郭尔。巴纳巴斯一章置于书末,这并不令人感到意外。土地测量员最后的努力是试图通过否认上帝的一切事物去发现上帝,不是按照我们关于善与美的范畴,而是在他的冷漠、他的不公道和他的憎恨的空虚、可厌的面孔后面去认识他。这个一心想为城堡所接纳的陌生人,到了穷途末路便更加为人所摒弃,因为他这次对他自己也不忠实了,抛弃了道德、逻辑和心灵的真实,以便——仅仅凭借荒唐无稽的希望——得以进入神性恩宠的荒漠。

"希望"一词用在这里绝不可笑。相反,卡夫卡所陈述的境遇越悲惨,这个希望就变得越强烈,越咄咄逼人。《城堡》实际上越荒诞,《城堡》中紧张的"飞跃"便越显得令人伤感,越没有道理可讲。但是,我们在这里不得不涉及纯文化中的存在主义思维的佯谬了,正如克尔恺郭尔举例说过:"我们必须毁掉人间的希望,才能在真正的希望中得救。"——这句话也可以改个说法:"必须写了《审判》,才能开始写《城堡》。"

卡夫卡的大多数解说者把他的作品称为一种让人无路可走的绝望的叫喊。这个说法需要修正。希望和希望并不相同。亨利·波尔多的乐观主义作品,我觉得特别令人沮丧。因为在那部作品中,生性有些别扭的心灵什么也得不到承认。反之,马尔洛的思维却永远鼓舞人心。但这两种情况,既无关乎这种希望,也无关乎这种绝望。我只看见,荒诞作品本身可能把人引入我想避免的不忠不信的歧途。一部作品如果漫不经心地重复一个没有结果的境遇，细致入微地美化转瞬即逝的事物，它就会成为幻想的发祥地。它启示着，它赋予希望以形态。艺术家再也同它分不开了。它不是它所应是的悲惨游戏。它使作者的生活获得一种意义。

卡夫卡、克尔恺郭尔和谢斯托夫的意气相投的作品，简言之，存在主义小说家和哲学家的作品，完全转向荒诞及其后果，最后却以这种强有力的充满希望的呼喊结束，这无论如何是令人叫绝的。

他们拥抱上帝，上帝吞噬他们。在屈辱上面悄悄爬进了希望。因为这种生存的荒诞更向他们保证了一种超自然的现实。如果这种生活道路通向上帝，那么就没有出路可言了。而且，克尔恺郭尔、谢斯托夫和卡夫卡的主人公重复他们的道路的那种顽固的执拗，正是不断增强这种确信的力量的保证。

卡夫卡同他的上帝争执道德上的伟大、启示、善与一致性——但只是为了更热切地投入他的怀抱。荒诞被认识并被承认了，人只有听其自然，我们从这一刹那知道，它不再是荒诞了。在人性的领域，还有什么比容许我们从这个领域潜逃出来有更大的希望呢？我一再看出，在这方面，同一般常见相反，存在主义思维的基础是一种无限制的希望，是那种曾经以原始基督教、以救世福音翻掘过的旧世界的希望。但是，在这种为存在主义思维所特有的飞跃中，在这种执拗中，像这样测量不可测量的神性，我们怎么会看不出一种否认自身的明智的特征呢？为了得救，只需抛弃一种骄傲。这样一种弃绝可能是有效益的。但是，什么也没有因此而改变。按照我的看法，我们如果说明智（像每种骄傲一样）是无效益的，它的道德价值并没有因此而减弱。甚至一种真理，要给它下定义的话，也是无效益的。每种证据都是无效益的。在一个什么都具备、什么都不明白的世界里，一种价值或一种形而上学的效益性将会是一个荒唐的概念。

卡夫卡的作品应当列入什么样的思想传统，无论如何是很清楚的了。事实上，要把从《审判》到《城堡》的一步称为严峻无情的一步，也是轻率的。约瑟夫·K和土地测量员K不过是吸引卡夫卡的两极。我将按照他的愿望宣称，他的作品也许并不是荒诞的，但是，虽然如此，我们必须承认它的伟大和它的普遍性。因为他懂得如此透彻地表现从希望到恐惧，从绝望的明达到自愿的被骗之间的平庸道路。他的作品是无所不包的（一部真正荒诞的作品不是无所不包的），因为它表现了逃避人类的人这个激动人心的形象，这个人为了他的信仰而从他的矛盾中搜寻理由，以便在他的有效益的绝望中能够有所希望，这个人把生存称之为一种对于死亡的可怕的准备。说它无所不包，是由于它能够鼓舞宗教情绪。正如在一切宗教中一样，人在这里也摆脱了他的生命的重量。但是，如果我知道并能敬佩这一点，那么我也会知道，我并不追求普遍性，而是追求真理。而这两者绝不是一回事。

这个看法是不难理解的,如果我说,真正令人绝望的思维恰恰是按照相反的标准来阐释的,而悲惨的作品如无任何预示未来的希望,正可以成为一个幸运人的传记。生活越是乖戾,要摆脱这种生活的想法便越是荒诞。也许这就是从尼采作品中吹向人们的那种雄伟的无效益性的秘密所在。尼采具有这样的思想体系,似乎是唯一从荒诞美学中得出最后结论的艺术家;因为他的最后的音息是以一种强制的无效益的明智,以一种对任何超自然安慰的坚决否认为基础的。

这大概足以在这篇试论的范围内指明卡夫卡作品的基本意义了。我们至此濒于人类思维的边缘。是的,在他的作品中,一切都是真正带本质性的。无论如何,它全面地提出了关于荒诞的问题。如果我们把这个结论同我们的导言比较一下,把内容同形式比较一下,把《城堡》的隐秘含义同它借以发展开来的自然无伪的艺术比较一下，把K的热情而骄傲的追求同它借以发生的平庸的侧景比较一下，我们就会懂得他的伟大在哪里了。因为，如果说憧憬是人性的标志，大概再没有别人曾经给这些苦恼的幽灵以那许多肉和血了。但是，我们同时理解到，荒诞的作品要求怎样一种奇特的伟大，一种这里也许根本不存在的伟大。如果艺术的特质在于把普遍同特殊结合起来，把一粒水珠的转瞬即逝的永恒同它的光影结合起来，那么按照他可以在这两个世界之间提出的距离来衡量荒诞作家的伟大，就更正确了。他的秘密在于能够确定它们以其最大的不和谐相撞击的那一点。

坦白地说，纯洁的心灵到处都能找到人和非人性的这个几何学的位置。如果说《浮士德》和《堂吉诃德》是杰出的艺术创作，那么这不过是由于它们以其无限的人间双手给我们指出的那种无限的伟大罢了。但是，艺术品不再是悲惨的，而只是被认真对待的,这个时刻必将会到来。到那时人才谈得上有所希望。但这并不是他的要务。他的要务就是避免任何遁词。而在卡夫卡向整个宇宙所提出的激昂的控诉的末尾,我正碰见了这种遁词。他难以置信的裁决就是这个丑恶的革命的世界,在这个世界连鼹鼠都想有所希望。

目录

变形记 ……………………………… 1
在流放地 …………………………… 99
致科学院的报告 …………………… 153
乡村医生 …………………………… 175

变形记

一

一天早晨,格里高尔·萨姆沙从不安的睡梦中醒来,发现自己躺在床上变成了一只巨大的甲虫。他仰卧着,那坚硬得像铁甲一般的背贴着床,他稍稍抬了抬头,便看见自己那穹顶似的棕色肚子分成了好多块弧形的硬片,被子几乎盖不住肚子尖,都快滑下来了。比起偌大的身躯来,他那许多只腿真是细得可怜,都在他眼前无可奈何地舞动着。

"我出了什么事啦?"他想。这可不是梦。他的房间,虽是嫌小了些,的确是普普通通人住的房间，仍然安静地躺在四堵熟悉的墙壁当中。在摊放着打开的衣料样品——萨姆沙是个旅行推销员——的桌子上面，还是挂着那幅画，这是他最近从一本画报上剪下来装在漂亮的金色镜框里的。画的是一位戴皮帽子围皮围巾的贵妇人，她挺直身子坐着，把一只套没了整个前臂的厚重的皮手筒递给看画的人。

格里高尔的眼睛接着又朝窗口望去，天空很阴暗——可以听到雨点敲打在窗槛上的声音——他的心情也变得忧郁了。"要是再睡一会儿，把这一切晦气事通通忘掉那该多好。"他想。但是完全办不到，平时他习惯于侧向右边睡，可是在目前的情况下，再也不能采取那样的姿态了。无论怎样用力向右转，他仍旧滚了回来，肚子朝天。他试了至少一百次，还闭上眼睛免得看到那些拼命挣扎的腿，到后来他的腰部感到一种从未体味过的隐痛，才不得不罢休。

"啊,天哪,"他想,"我怎么单单挑上这么一个累人的差使呢!长年累月到处奔波,比坐办公室辛苦多了。再加上还有经常出门的烦恼,担心各次火车的倒换,不定时而且低劣的饮食,而萍水相逢的人也总是些泛泛之交,不可能有深厚的交情,永远不会变成知己朋友。让这一切都见鬼去吧!"他觉得肚子上有点痒,就慢慢地挪动身子,靠近床头,好让自己头抬起来更容易些;他看清了发痒的地方,那儿布满着白色的小斑点,他不明白这是怎么回事,想用一条腿去搔一搔,可是马上又缩了回来,因为这一碰使他浑身起了一阵寒战。

他又滑下来恢复到原来的姿势。"起床这么早,"他想,"会使人变傻的。人是需要睡觉的。别的推销员生活得像贵妇人。比如,我有一天上午赶回旅馆登记取回订货单时,别的人才坐下来吃早餐。我若是跟我的老板也来这一手,准定当场就给开除。也许开除了倒更好一些,谁说得准呢?如果不是为了父母亲而总是谨小慎微，我早就辞职不干了，我早就会跑到老板面前，把肚子里的气出个痛快。那个家伙准会从写字桌后面直蹦起来！他的工作方式也真奇怪，总是那样居高临下坐在桌子上面对职员发号施令，再加上他的耳朵又偏偏重听，大家不得不走到他跟前去。但是事情也未必毫无转机；只要等我攒够了钱还清父母欠他的债——也许还得五六年，可是我一定能做到。到那时我就会时来运转了。不过眼下我还是起床为妙，因为火车五点钟就要开了。"

他看了看柜子上嘀嘀嗒嗒响着的闹钟。天哪！他想道。已经六点半了，而时针还在悠悠然向前移动，连六点半也过了，马上就要七点差一刻了。闹钟难道没有响过吗？从床上可以看到闹钟明明是拨到四点钟的；显然它已经响过了。是的，不过在那震耳欲聋的响声里，难道真的能安宁地睡着吗？嗯，他睡得并不安宁，可是正说明他还是睡得不坏。那么他现在该干什么呢?下一班车七点钟开;要搭这一班车他得发疯似的赶才行,可是他的样品都还没有包好,他也觉得自己的精神不甚佳。而且即使他赶上这班车,还是逃不过上司的一顿申斥,因为公司的听差一定是在等候五点钟那班火车,这时早已回去报告他没有赶上了,那听差是老板的心腹,既无骨气又愚蠢不堪。那么,说自己病了行不行呢?不过这将是最最不愉快的事,而且也显得很可疑,因为他服务五年以来没有害过一次病。老板一定会亲自带了医药顾问一起来,一定会责怪他的父母怎么养出这样懒惰的儿子,他还会引证医药顾问的话,粗暴地把所有的理由驳掉,在那个大夫看来,世界上除了健康之至的假病号,再也没有第二种人了。再说今天这种情况,大夫的话是不是真的不对呢?格里高尔觉得身体挺不错,只除了有些困乏,这在如此长久的一次睡眠以后实在有些多余,另外,他甚至觉得特别饿。

这一切都飞快地在他脑子里闪过,他还是没有下决心起床——闹钟敲六点三刻了——这时,他床头后面的门上传来了轻轻的一下叩门声。"格里高尔,"一个声音说——这是他母亲的声音——"已经七点差一刻了。你不是还要赶火车吗?"好温和的声音!格里高尔听到自己的回答声时不免大吃一惊。没错,这分明是他自己的声音,可是却有另一种可怕的叽叽喳喳的尖叫声同时发了出来,仿佛是伴音似的,使他的话只有最初几个字才是清清楚楚的,接着马上就受到了干扰,弄得意义含混,使人家说不上到底听清楚没有。格里高尔本想回答得详细些,好把一切解释清楚,可是在这样的情形下他只得简单地说:"是的,是的,谢谢你,妈妈,我这会儿正要起床呢。"隔着木门,外面一定听不到格里高尔声音的变化,因为他母亲听到这些话也满意了,就拖着步子走了开去。然而这场简短的对话使家里人都知道格里高尔还在屋子里,这是出乎他们意料之外的,于是在侧边的一扇门上立刻就响起了他父亲的叩门声,很轻,不过用的却是拳头。"格里高尔,格里高尔,"他喊道,"你怎么啦?"过了一小会儿他又用更低沉的声音催促道:"格里高尔!格里高尔!"在另一侧的门上他的妹妹也用轻轻的悲哀的声音问:"格里高尔,你不舒服吗?要不要什么东西?"他同时回答了他们两个人:"我马上就好了。"他把声音发得更清晰,说完一个字过一会儿才说另一个字,竭力使他的声音显得正常。于是他父亲走回去吃他的早饭了,他妹妹却低声地说:"格里高尔,开开门吧,求求你。"可是他并不想开门,所以暗自庆幸自己由于时常旅行,养成了晚上锁住所有门的习惯,即使回到家里也是这样。

首先他要静悄悄地不受打扰地起床,穿好衣服,最要紧的是吃饱早饭,再考虑下一步该怎么办,因为他非常明白,躺在床上瞎想一气是想不出什么名堂来的。他还记得过去也许是因为睡觉姿势不好,躺在床上时往往会觉得这儿那儿隐隐作痛,及至起来,就知道纯属心理作用,所以他殷切地盼望今天早晨的幻觉会逐渐消逝。他也深信,他之所以变声音不是因为别的而仅仅是重感冒的征兆,这是旅行推销员的职业病。

要掀掉被子很容易,他只需把身子稍稍一抬被子就自己滑下来了。可是下一个动作就非常之困难,特别是因为他的身子宽得出奇。他得要有手和胳臂才能让自己坐起来;可是他有的只是无数细小的腿,它们一刻不停地向四面八方挥动,而他自己却完全无法控制。他想屈起其中的一条腿,可是它偏偏伸得笔直;等他终于让它听从自己的指挥时,所有别的腿却莫名其妙地乱动不已。"总是待在床上有什么意思呢。"格里高尔自言自语地说。

他想,下身先下去一定可以使自己离床,可是他还没有见过自己的下身,脑子里根本没有概念,不知道要移动下身真是难上加难，挪动起来是那样迟缓；所以到最后，他烦死了，就用尽全力鲁莽地把身子一甩，不料方向算错，重重地撞在床脚上，一阵彻骨的痛楚使他明白，如今他身上最敏感的地方也许正是他的下身。

于是他就打算先让上身离床，他小心翼翼地把头部一点点挪向床沿。这却毫不困难，他的身躯虽然又宽又大，也终于跟着头部移动了。可是，等到头部终于悬在床边上，他又害怕起来，不敢再前进了，因为，老实说，如果他就这样让自己掉下去，不摔坏脑袋才怪呢。他最要紧的是保持清醒，特别是现在；他宁愿继续待在床上。

可是重复了几遍同样的努力以后，他深深地叹了一口气，还是恢复了原来的姿势躺着，一面瞧他那些细腿在难以置信地更疯狂地挣扎；格里高尔不知道如何才能摆脱这种荒唐的混乱处境，他就再一次告诉自己，待在床上是不行的，最最合理的做法还是冒一切危险来实现离床这个极渺茫的希望。可是同时他也没有忘记提醒自己，冷静地、极其冷静地考虑到最最微小的可能性还是比不顾一切地蛮干强得多。这时际，他竭力集中眼光望向窗外，可是不幸得很，早晨的浓雾把狭街对面的房子也都裹上了，看来天气一时不会好转，这就使他更加得不到鼓励和安慰。"已经七点钟了，"闹钟再度敲响时，他对自己说，"已经七点钟了，可是雾还这么重。"有片刻工夫，他静静地躺着，轻轻地呼吸着，仿佛这样一养神什么都会恢复正常似的。

可是接着他又对自己说："七点一刻前我无论如何非得离开床不可。到那时一定会有人从公司里来找我，因为不到七点公司就开门了。"于是他开始有节奏地来回晃动自己的整个身子，想把自己甩出床去。倘若他这样翻下床去，可以昂起脑袋，头部不至于受伤。他的背似乎很硬，看来跌在地毯上并不打紧。他最担心的还是自己控制不了的巨大响声，这声音一定会在所有的房间里引起焦虑，即使不是恐惧。可是，他还是得冒这个险。

当他已经半个身子探到床外的时候——这个新方法与其说是苦事，不如说是游戏，因为他只需来回晃动，逐渐挪过去就行了——他忽然想起如果有人帮忙，这件事该是多么简单。两个身强力壮的人——他想到了他的父亲和那个使女——就足够了；他们只需把胳臂伸到他那圆鼓鼓的背后，抬他下床，放下他们的负担，然后耐心地等他在地板上翻过身来就行了，一碰到地板他的腿自然会发挥作用的。那么，姑且不管所有的门都是锁着的，他是否真的应该叫人帮忙呢？尽管处境非常困难，想到这一层，他却禁不住透出一丝微笑。

他使劲地摇动着，身子已经探出不少，快要失去平衡了，他非得鼓足勇气采取决定性的步骤了，因为再过五分钟就是七点一刻——正在这时，前门的门铃响了起来。"是公司里派什么人来了。"他这么想，身子就随之而发僵，可是那些细小的腿却动弹得更快了。一时之间周围一片静默。"他们不愿开门。"格里高尔怀着不合常情的希望自言自语道。可是使女当然还是跟往常一样踏着沉重的步子去开门了。格里高尔听到客人的第一声招呼就马上知道这是谁——是秘书主任亲自出马了。真不知自己生就什么命，竟落到给这样一家公司当差，只要有一点小小的差池，马上就会招来最大的怀疑！在这一个所有的职员全是无赖的公司里，岂不是只有他一个人忠心耿耿吗？他早晨只占用公司两三个小时，不是就给良心折磨得几乎要发疯，真的下不了床吗？如果确有必要来打听他出了什么事，派个学徒来不也够了吗——难道秘书主任非得亲自出马，以便向全家人，完全无辜的一家人表示，这个可疑的情况只有他自己那样的内行来调查才行吗？与其说格里高尔下了决心，倒不如说他因为想到这些事非常激动，所以用尽全力把自己甩出了床外。

砰的一声很响,但总算没有响得吓人。地毯把他坠落的声音减弱了几分,他的背也不如他所想象的那么毫无弹性,所以声音很闷,不惊动人。只是他不够小心,头翘得不够高,还是在地板上撞了一下;他扭了扭脑袋,痛苦而愤懑地把头挨在地板上磨蹭着。

"那里有什么东西掉下来了。"秘书主任在左面房间里说。格里高尔试图设想,今天他身上发生的事有一天也让秘书主任碰上了;谁也不敢担保不会出这样的事。可是仿佛给他的设想一个粗暴的回答似的,秘书主任在隔壁房间里坚定地走了几步,他那漆皮鞋子发出了吱嘎吱嘎的声音。从右面的房间里,他妹妹用耳语向他通报消息:"格里高尔,秘书主任来了。""我知道了。"格里高尔低声嘟哝道,但是没有勇气提高嗓门让妹妹听到他的声音。

"格里高尔,"这时候,父亲在左边房间里说话了,"秘书主任来了,他要知道为什么你没能赶上早晨的火车。我们也不知道怎么跟他说。另外,他还要亲自和你谈话。所以,请你开门吧。他度量大,对你房间里的凌乱不会见怪的。""早上好,萨姆沙先生。"与此同时,秘书主任和蔼地招呼道。"他不舒服呢。"母亲对客人说,这时他父亲继续隔着门在说话:"他不舒服,先生,相信我吧。他还能为了什么误车呢!这孩子只知道操心公事。他晚上从来不出去,连我瞧着都要生气了;这几天来他没有出差,可他天天晚上都守在家里。他只是安安静静地坐在桌子旁边,看看报,或是把火车时刻表翻来覆去地看。他唯一的消遣就是做木工活儿。比如说,他花了两三个晚上刻了一个小镜框;您看到它那么漂亮一定会感到惊奇;这镜框挂在他房间里;再过一分钟等格里高尔打开门您就会看到了。您的光临真叫我高兴,先生;我们怎么也没法使他开门;他真是固执;我敢说他一定是病了,虽然他早晨硬说没病。"——"我马上来了。"格里高尔慢吞吞地小心翼翼地说,可是寸步也没有移动,生怕漏过他们谈话中的每一个字。"我也想不出有什么别的原因,太太,"秘书主任说,"我希望不是什么大病。虽然另一方面我不得不说,不知该算福气呢还是晦气,我们这些做买卖的往往就得不把这些小毛小病当作一回事,因为买卖嘛,总是要做的。"——"喂,秘书主任现在能进来了吗?"格里高尔的父亲不耐烦地问,又敲起门来了。"不行。"格里高尔回答。这声拒绝以后,在左面房间里是一阵令人痛苦的寂静;右面房间里他妹妹啜泣起来了。

他妹妹为什么不和别的人在一起呢?她也许是刚刚起床,还没有穿衣服吧。那么,她为什么哭呢?是因为他不起床让秘书主任进来吗,是因为他有丢掉差使的危险吗,是因为老板又要开口向他的父母讨还旧债吗?这些显然都是眼前不用担心的事情。格里高尔仍旧在家里,丝毫没有弃家出走的念头。的确，他现在暂时还躺在地毯上，知道他的处境的人当然不会盼望他让秘书主任走进来。可是这点小小的失礼以后尽可以用几句漂亮的辞令解释过去，格里高尔不见得会马上就给辞退。格里高尔觉得，就目前来说，他们与其对他抹鼻子流泪苦苦哀求，还不如别打扰他的好。可是，当然啦，他们的不明情况使他大感不解，也说明了他们为什么有这样的举动。

"萨姆沙先生，"秘书主任现在提高了嗓门说，"您这是怎么回事？您这样把自己关在房间里，光是回答'是'和'不是'，毫无必要地引起您父母极大的忧虑，又极严重地疏忽了——这我只不过顺便提一句——疏忽了公事方面的职责。我现在以您父母和您经理的名义和您说话，我正式要求您立刻给我一个明确的解释。我真没想到，我真没想到。我原来还认为您是个安分守己、稳妥可靠的人，可您现在突然决心想让自己丢丑。经理今天早晨还对我暗示您不露面的原因可能是什么——他提到了最近交给您管的现款——我还几乎要以自己的名誉向他担保这根本不可能呢。可是现在我才知道您真是执拗得可以，从现在起，我丝毫也不想袒护您了。您在公司里的地位并不是那么稳固的。这些话我本来想私下里对您说的，可是既然您这样白白糟蹋我的时间，我就不懂为什么您的父母不应该听到这些话了。近来您的工作叫人很不满意；当然，目前买卖并不是旺季，这我们也承认，可是一年里整整一个季度一点买卖也不做，这是不行的，萨姆沙先生，这是完全不应该的。"

"可是，先生，"格里高尔喊道，他控制不住了，激动得忘记了一切，"我这会儿正要来开门。一点小小的不舒服，一阵头晕使我起不了床。我现在还躺在床上呢。不过我已经好了。我现在正要下床。再等我一两分钟吧！我不像自己所想的那样健康。不过我已经好了，真的。这种小毛病难道就能打垮我不成！我昨天晚上还好好儿的，这我父亲母亲也可以告诉您，不，应该说我昨天晚上就感觉到了一些预兆。我的样子想必已经不对劲了。您要问我为什么不向办公室报告！可是人总以为一点点不舒服一定能顶过去，用不着请假在家休息。哦，先生，别伤我父母的心吧！您刚才怪罪于我的事都是没有根据的；从来没有谁这样说过我。也许您还没有看到我最近兜来的订单吧。至少，我还能赶上八点钟的火车呢，休息了这几个钟点我已经好多了。千万不要因为我而把您耽搁在这儿，先生；我马上就会开始工作的，这有劳您转告经理，在他面前还得请您多替我美言几句呢！"

格里高尔一口气说着，自己也搞不清楚自己说了些什么，也许因为有了床上的那些锻炼，格里高尔没费多大气力就来到柜子旁边，打算依靠柜子使自己直立起来。他的确是想开门，的确是想出去和秘书主任谈话的；他很想知道，大家这么坚持以后,看到了他又会说些什么。要是他们都大吃一惊,那么责任就再也不在他身上,他可以得到安静了。如果他们完全不在意,那么他也根本不必不安,只要真的赶紧上车站去搭八点钟的车就行了。起先,他好几次从光滑的柜面上滑下来,可是最后,在一使劲之后,他终于站直了;现在他也不管下身疼得像火烧一般了。接着他让自己靠向附近一张椅子的背部,用他那些细小的腿抓住了椅背的边。这使他得以控制自己的身体,他不再说话,因为这时候他听见秘书主任又开口了。

"你们听得懂哪个字吗?"秘书主任问,"他不会在开我们的玩笑吧?""哦,天哪,"他母亲声泪俱下地喊道,"也许他病害得不轻,倒是我们在折磨他呢。葛蕾特!葛蕾特!"接着她嚷道。"什么事,妈妈?"他妹妹打那一边的房间里喊道。她们就这样隔着格里高尔的房间对嚷起来。"你得马上去请医生。格里高尔病了。去请医生,快点。你没听见他说话的声音吗?""这不是人的声音。"秘书主任说,跟母亲的尖叫声一比他的嗓音显得格外低沉。"安娜!安娜!"他父亲从客厅向厨房里喊道,一面还拍着手,"马上去找个锁匠来!"于是两个姑娘奔跑得裙子嗖嗖响着穿过了客厅——他妹妹怎能这么快就穿好衣服呢?——接着又猛然打开了前门。没有听见门重新关上的声音;她们显然听任它洞开着,什么人家出了不幸的事情就总是这样。

格里高尔现在倒镇静多了。显然,他发出来的声音人家再也听不懂了,虽然他自己听来很清楚,甚至比以前更清楚,这也许是因为他的耳朵变得能适应这种声音了。不过至少现在大家相信他有什么地方不太妙,都准备来帮助他了。这些初步措施将带来的积极效果使他感到安慰。他觉得自己又重新进入人类的圈子,对大夫和锁匠都寄予了莫大的希望,却没怎么分清两者之间的区别。为了使自己在即将到来的重要谈话中声音尽可能清晰些,他稍微嗽了嗽嗓子，他当然尽量压低声音，因为就连他自己听起来，这声音也不像人的咳嗽。这时候，隔壁房间里一片寂静。也许他的父母正陪了秘书主任坐在桌旁，在低声商谈，也许他们都靠在门上细细谛听呢。

格里高尔慢慢地把椅子推向门边，接着便放开椅子，抓住了门来支撑自己——他那些细腿的脚底上倒是颇有黏性的——他在门上靠了一会儿，喘过一口气来。接着他开始用嘴巴来转动插在锁孔里的钥匙。不幸的是，他并没有什么牙齿——他得用什么来咬住钥匙呢？——不过他的下颚倒好像非常结实；靠着这下颚他总算转动了钥匙，他准是不小心弄伤了什么地方，因为有一股棕色的液体从他嘴里流出来，淌过钥匙，滴到地上。"你们听，"门后的秘书主任说，"他在转动钥匙了。"这对格里高尔是个很大的鼓励；不过他们应该都来给他打气，他的父亲母亲都应该喊："加油，格里高尔。"

他们应该大声喊道:"坚持下去,咬紧钥匙!"他相信他们都在全神贯注地关心自己的努力,就集中全力死命咬住钥匙。钥匙需要转动时,他便用嘴巴衔着它,自己也绕着锁孔转了一圈,好把钥匙扭过去,或者不如说,用全身的重量使它转动。终于屈服的锁发出响亮的咔嗒一声,使格里高尔大为高兴。他深深地舒了一口气,对自己说:"这样一来我就不用锁匠了。"接着就把头搁在门柄上,想把门整个打开。

门是向他自己这边拉的,所以虽然已经打开,人家还是瞧不见他。他得慢慢地从对开的那半扇门后面把身子挪出来,而且得非常小心,以免背脊直挺挺地跌倒在房间里。他正在艰难地挪动自己,顾不上做任何观察,却听到秘书主任"哦!"的一声大叫——发出来的声音像一股猛风——现在他可以看见那个人了,他站得最靠近门口,一只手遮在张大的嘴上,慢慢地往后退去,仿佛有什么无形的强大压力在驱逐他似的。格里高尔的母亲——虽然秘书主任在场,她的头发仍然没有梳好,还是乱七八糟地竖着——她先是双手合掌瞧瞧他父亲,接着向格里高尔走了两步,随即倒在地上,裙子摊了开来,脸垂到胸前,完全看不见了。他父亲握紧拳头,一副恶狠狠的样子,仿佛要把格里高尔打回到房间里去,接着他又犹豫不定地向起居室扫了一眼,然后用双手遮住眼睛,哭泣起来,连他那宽阔的胸膛都起伏不定。

格里高尔没有接着往起居室走去,却靠在那半扇关紧的门的后面,所以他只有半个身子露在外面,还侧着探在外面的头去看别人。这时候天更亮了,可以清清楚楚地看到街对面一幢长得没有尽头的深灰色的建筑——这是一所医院——上面惹眼地开着一排排呆板的窗子;雨还在下,不过已成为一滴滴看得清的大颗粒了。大大小小的早餐盆碟摆了一桌子,对于格里高尔的父亲,早餐是一天里最重要的一顿饭，他一边看各式各样的报纸，一边吃，要吃上好几个钟头。在格里高尔正对面的墙上挂着一幅他服兵役时的照片，当时他是少尉，他的手按在剑上，脸上挂着无忧无虑的笑容，分明要人家尊敬他的军人风度和制服。前厅的门开着，大门也开着，可以一直看到住宅前的院子和最下面的几级楼梯。

"好吧，"格里高尔说，他完全明白自己是唯一多少还保持着镇静的人，"我立刻穿上衣服，等包好样品就动身。您是否还容许我去呢？您瞧，先生，我并不是冥顽不化的人，我很愿意工作；出差是很辛苦的，但我不出差就活不下去。您上哪儿去，先生？去办公室？是吗？我这些情形您能如实地反映上去吗？人总有暂时不能胜任工作的时候，不过这时正需要想起他过去的成绩，而且还要想到以后他又恢复了工作能力的时候，他一定会干得更勤恳更用心。我一心想忠诚地为老板做事，这您也很清楚。何况，我还要供养我的父母和妹妹。我现在景况十分困难，不过我会重新挣脱出来的。请您千万不要火上浇油。在公司里请一定帮我说几句好话。旅行推销员在公司里不讨人喜欢，这我知道。大家以为他们赚的是大钱，过的是逍遥自在的日子。这种成见也犯不着特地去纠正。可是您呢，先生，比公司里所有的人看得都全面，是的，让我私下里告诉您，您比老板本人还全面，他是东家，当然可以凭自己的好恶随便不喜欢哪个职员。您知道得最清楚，旅行推销员几乎长年不在办公室，他们自然很容易成为闲话、怪罪和飞短流长的目标，可他自己几乎完全不知道，所以防不胜防。直待他精疲力竭地转完一个圈子回到家里，这才亲身体验到连原因都无法找寻的恶果落到了自己的身上。先生，先生，您不能不说我一句好话就走啊，请表明您觉得我至少还有几分是对的呀！"

可是格里高尔才说头几个字，秘书主任就已经在跟跄倒退，只是张着嘴唇，侧过颤抖的肩膀直勾勾地瞪着他。格里高尔说话时，他片刻也没有站定，却偷偷地向门口踅去，眼睛始终盯紧了格里高尔，只是每次只移动一寸，仿佛存在某项不准离开房间的禁令一般。好不容易退入了前厅，他最后一步跨出起居室时动作好猛，真像是他的脚跟刚给火烧着了。他一到前厅就伸出右手向楼梯跑去，好似那边有什么神秘的救星在等待他。

格里高尔明白，如果要保住他在公司里的职位，不想砸掉饭碗，那就绝不能让秘书主任抱着这样的心情回去。他的父母对这一点还不太了然；多年来，他们已经深信格里高尔在这家公司里要待上一辈子的，再说，他们的心思已经完全放在当前的不幸事件上，根本无法考虑将来的事。可是格里高尔考虑到了。一定得留住秘书主任，安慰他，劝告他，最后还要说服他；格里高尔和他一家人的前途全系在这上面呢！只要妹妹在场就好了！她很聪明；当格里高尔还安静地仰在床上的时候她就已经哭了。总是那么偏袒女性的秘书主任一定会乖乖地听她的话；她会关上大门，在前厅里把他说得不再惧怕。可是她偏偏不在，格里高尔只得自己来应付当前的局面。他没有想到自己的身体究竟有什么活动能力，也没有想一想他的话人家仍旧很可能听不懂，而且简直根本听不懂，就放开了那扇门，挤过门口，迈步向秘书主任走去，而后者正可笑地用两只手抱住楼梯的栏杆；格里高尔刚要摸索可以支撑的东西，忽然轻轻喊了一声，身子趴了下来，他那许多只腿着了地。还没等全部落地，他的身子已经获得了安稳的感觉，从早晨以来，这还是第一次；他脚底下现在是结结实实的地板了；他高兴地注意到，他的腿完全听从指挥；它们甚至努力地把他朝他心里所想的任何方向带去；他简直要相信，他所有的痛苦总解脱的时候终于快来了。可是就在这一刹那间，当他摇摇摆摆一心想动弹的时候，当他离他母亲不远,躺在她对面地板上的时候,本来似乎已经完全瘫痪的母亲,这时却霍地跳了起来,伸直两臂,张开了所有的手指,喊道:"救命啊,老天爷,救命啊!"一面又低下头来,仿佛想把格里高尔看得更清楚些,同时又偏偏身不由己地一直往后退,根本没顾到她后面有张摆满了食物的桌子;她撞上桌子,又糊里糊涂倏地坐了上去,似乎全然没有注意她旁边那把大咖啡壶已经打翻,咖啡也汩汩地流到了地毯上。

"妈妈,妈妈。"格里高尔低声地说道,抬起头来看着她。这时他已经完全把秘书主任撇在脑后;他的嘴却忍不住咂巴起来,因为他看到了淌出来的咖啡。这使他母亲再一次尖叫起来。她从桌子旁边逃开,倒在急忙来扶她的父亲的怀抱里。可是格里高尔现在顾不得他的父母;秘书主任已经在走下楼梯了,他的下巴探在栏杆上扭过头来最后回顾了一眼。格里高尔急走几步,想尽可能追上他;可是秘书主任一定是看出了他的意图,因为他往下蹦了几级,随即消失了;可是还在不断地叫喊:"噢!"回声传遍了整个楼梯。不幸得很,秘书主任的逃走仿佛使一直比较镇定的父亲也慌乱万分,因为他非但自己不去追赶那人,或者至少别阻拦格里高尔去追逐,反而右手操起秘书主任连同帽子和大衣一起留在一张椅子上的手杖,左手从桌子上抓起一张大报纸,一面顿脚,一面挥动手杖和报纸,要把格里高尔赶回到房间里去。格里高尔的恳求全然无效,事实上别人根本不理解;不管他怎样谦恭地低下头去,他父亲反而把脚顿得更响。另一边,他母亲不顾天气寒冷,打开了一扇窗子,双手掩住脸,尽量把身子往外探。一阵劲风从街上刮到楼梯,窗帘掀了起来,桌上的报纸吹得啪嗒啪嗒乱响,有几张吹落在地板上。格里高尔的父亲无情地把他往后赶,一面嘘嘘叫着,简直像个野人。可是格里高尔还不熟悉怎么往后退,所以走得很慢。如果有机会掉过头,他能很快回进房间的,但是他怕转身的迟缓会使他父亲更加生气,他父亲手中的手杖随时会照准他的背上或头上给以狠狠的一击。到后来,他竟不知怎么办才好,因为他绝望地注意到,倒退着走连方向都掌握不了;因此,他一面始终不安地侧过头瞅着父亲,一面开始掉转身子,他想尽量快些,事实上却非常迂缓。也许父亲发觉了他的良好意图,因此并不干涉他,只是在他挪动时远远地用手杖尖拨拨他。只要父亲不再发出那种无法忍受的嘘嘘声就好了。这简直要使格里高尔发狂。他已经完全转过去了,只是因为给嘘声弄得心烦意乱,甚至转得过了头。最后他总算对准了门口,可是他的身体又偏巧宽得过不去。但是在目前精神状态下的父亲,当然不会想到去打开另外半扇门好让格里高尔得以通过。他父亲脑子里只有一件事,尽快把格里高尔赶回房间。让格里高尔直立起来,侧身进入房间,就要做许多麻烦的准备,父亲是绝不会答应的。他现在发出的声音更加响亮,他拼命催促格里高尔往前走,好像他前面没有什么障碍似的;格里高尔听来他后面响着的声音不再像是父亲一个人的了;现在更不是闹着玩的了,所以格里高尔不顾一切狠命向门口挤去。他身子的一边拱了起来,倾斜地卡在门口,腰部挤伤了,在洁白的门上留下了可憎的斑点,不一会儿他就给夹住了,不管怎么挣扎,还是丝毫动弹不得,他一边的腿在空中颤抖地舞动,另一边的腿却在地上给压得十分疼痛——这时,他父亲从后面使劲地推了他一把,实际上这倒是支援,使他一直跌进了房间中央,汩汩地流着血。在他后面,门砰的一声用手杖关上了,屋子里终于回复了寂静。

二

　　直到薄暮时分格里高尔才从沉睡中苏醒过来,这与其说是沉睡还不如说是昏厥。其实再过一会儿他自己也会醒的,因为他觉得睡得很长久,已经睡够了,可是他仍觉得仿佛有一阵疾走的脚步声和轻轻关上通向前厅房门的声音惊醒了他。街上的电灯,在天花板和家具的上半部投下一重淡淡的光晕,可是在低处他躺着的地方,却是一片漆黑。他缓慢而笨拙地试了试他的触觉,只是到了这时,他才初次学会运用这个器官,接着便向门口爬去,想知道那儿发生了什么事。他觉得有一条长长的、绷得紧紧的不舒服的伤疤,他的两排腿事实上只能瘸着走了。而且有一条细小的腿在早晨的事件里受了重伤,现在毫无用处地曳在身后——仅仅坏了一条腿,这倒真是个奇迹。

　　他来到门边,这才发现把他吸引过来的事实上是什么：食物的香味。因为那儿放了一只盆子,盛满了甜牛奶,上面还浮着切碎的白面包。他险些儿要高兴得笑出声来,因为他现在比早晨更加饿了,他立刻把头浸到牛奶里去,几乎把眼睛也浸没了。可是很快他又失望地缩了回来;他发现不仅吃东西很困难,因为柔软的左侧受了伤——他要全身抽搐地配合着才能把食物吃到口中——而且他也不喜欢牛奶了,虽然牛奶一直是他喜爱的饮料,他妹妹准是因此才给他准备的;事实上,他几乎是怀着厌恶的心情把头从盆子边上扭开,爬回到房间中央去。

他从门缝里看到起居室的煤气灯已经点亮了,在平日,到这时候,他父亲总要大声地把晚报读给母亲听,有时也读给妹妹听,可是现在没有丝毫声息。也许是父亲新近抛弃大声读报的习惯了吧,他妹妹在谈话和写信中经常提到这件事。可是到处都那么寂静,虽然家里显然不是没有人。"我们这一家日子过得多么平静啊。"格里高尔自言自语道,他一动不动地瞪视着黑暗,心里感到很自豪,因为他能够让他的父母和妹妹在这样一套挺好的房间里过着蛮不错的日子。可是如果这一切的平静、舒适与满足都要恐怖地告以结束,那可怎么办呢?为了使自己不致陷入这样的思想,格里高尔活动起来了,他在房间里不断地爬来爬去。

在这个漫长的夜晚,有一次一边的门打开了一道缝,但马上又关上了,后来另一边的门上也发生了这样的事;显然是有人打算进来但是又犹豫不决。格里高尔现在紧紧地伏在起居室的门边,打算劝那个踌躇的人进来,至少也想知道那人是谁;可是门再也没有开过,他白白地等待着。清晨那会儿,门锁着,他们全都想进来;可是如今他打开了一扇门,另一扇门显然白天也是开着的,却又谁都不进来了,而且连钥匙都插到外面去了。

一直到深夜,起居室的煤气灯才熄灭,格里高尔很容易就推想到,他的父母和妹妹久久清醒地坐在那儿，因为他清晰地听见他们蹑手蹑脚走开的声音。没有人会来看他了，至少天亮以前是不会了，这是肯定的，因此他有充裕的时间从容不迫地考虑他该怎样重新安排生活。可是他匍匐在地板上的这个高大空旷的房间使他充满了一种不可言喻的恐惧，虽然这就是他自己住了五年的房间——他自己还不大清楚是怎么回事，就已经不无害臊地急急钻到沙发底下去了，他马上就感到这儿非常舒服，虽然他的背稍有点被压住，他的头也抬不起来。他唯一感到遗憾的是身子太宽，不能整个藏进沙发底下。

他在那里待了整整一夜，一部分的时间消磨在假寐上，腹中的饥饿时时刻刻使他惊醒，而另一部分时间里，他一直浸沉在担忧和渺茫的希望中，但他想来想去，总是只有一个结论：那就是目前他必须静静地躺着，用忍耐和极度的体谅来协助家庭克服他在目前的情况下必然会给他们造成的不方便。

拂晓时分，其实还简直是夜里，格里高尔就有机会考验他的新决心是否坚定了,因为他的妹妹衣服还没有完全穿好就打开了通往客厅的门,表情紧张地向里面张望。她没有立刻看见他,可是一等她看到他躲在沙发底下——说到究竟,他总得待在什么地方,他又不能飞走,是不是?——她就大吃一惊,不由自主就把门砰地重新关上。可是仿佛是后悔自己方才的举动似的,她马上又打开了门,踮起脚走了进来,似乎她来看望的是一个重病的人,甚至是陌生人。格里高尔把头探出沙发的边缘看着她。她会不会注意到他并非因为不饿而留着牛奶没喝,她会不会拿别的更合他的口味的东西来呢?除非她自动注意到这一层,他情愿挨饿也不愿唤起她的注意,虽然他有一股强烈的愿望,想从沙发底下冲出来,伏在她脚下,求她拿点食物来。可是妹妹马上就注意到了,她很惊讶,发现除了泼了些出来以外,盆子还是满满的,她立即把盆子端了起来,虽然不是直接用手,而是用手里拿着的布,她把盆子端走了。格里高尔好奇得要命,想知道她会换些什么来,而且还做了种种猜测。然而心地善良的妹妹实际上所做的却是他怎么也想象不到的。为了弄清楚他的嗜好,她给他带来了许多种食物,全都放在一张旧报纸上。这里有不新鲜的一半腐烂的蔬菜,有昨天晚饭剩下来的肉骨头,上面还蒙着已经变稠硬结的白酱油;还有些葡萄干和杏仁;一块两天前格里高尔准会说吃不得的奶酪;一块陈面包,一块抹了黄油的面包,一块洒了盐的黄油面包。除了这一切,她又放下了那只盆子,往里倒了些清水,这盆子显然算是他专用的了。她考虑得非常周到,生怕格里高尔不愿当她的面吃东西,所以马上就退了出去,甚至还锁上了门,让他明白他可以安心地随意进食。格里高尔所有的腿都嗖地向食物奔过去。而他的伤口也准是已经完全愈合了,因为他并没有感到不方便,这使他颇为吃惊,也令他回忆起,一个月以前,他用刀稍稍割伤了一只手指,直到前天还觉得疼痛。"难道现在我感觉迟钝些了?"他想,紧接着便对着奶酪狼吞虎咽起来,在所有的食物里,这一种立刻强烈地吸引了他。他眼中含着满意的泪水,逐一地把奶酪、蔬菜和酱油都吃掉;可是新鲜的食物却一点也不给他以好感,他甚至都忍受不了那种气味,事实上他是把可吃的东西都叼到远一点的地方去吃的。他吃饱了,正懒洋洋地躺在原处,这时他妹妹慢慢地转动钥匙,仿佛是给他一个暗示,让他退走。他立刻惊醒了过来,虽然他差不多睡着了,就急急地重新钻到沙发底下去。可是藏在沙发底下需要相当的自我控制力,即使只是妹妹在房间里这短短的片刻,因为这顿饱餐使他的身子有些膨胀,他只觉得地方狭窄,连呼吸也很困难。他因为透不过气,眼珠也略略鼓了起来,他望着没有察觉任何情况的妹妹在用扫帚扫去不光是他吃剩的食物,甚至也包括他根本没碰的那些,仿佛这些东西现在根本没人要了,扫完后又急匆匆地全都倒进了一只桶里,把木盖盖上就提走了。她刚扭过身去,格里高尔就打沙发底下爬出来舒展身子,呼哧呼哧喘了几口气。

格里高尔就是这样由他妹妹喂养着,一次在清晨他父母和使女还睡着的时候,另一次是在他们吃过午饭,他父母睡午觉而妹妹把使女打发出去随便干点杂事的时候。他们当然不会存心叫他挨饿,不过也许是他们除了听妹妹说一声以外对于他吃东西的情形根本不忍心知道吧,也许是他妹妹也想让他们尽量少操心吧,因为眼下他们心里已经够烦的了。

至于第一天上午大夫和锁匠是用什么借口打发走的,格里高尔就永远不得而知了,因为他说的话人家既然听不懂,他们——甚至连妹妹在内——就不会想到他能听懂大家的话,所以每逢妹妹来到他的房间里,他听到她不时发出的几声叹息,和向圣者作的喁喁祈祷,也就满足了。后来,她对这种情形略有点习惯了——当然，完全习惯是绝对不可能的——这时，她间或也会让格里高尔听到这样好心的或者可以这样理解的话。"嗨，他喜欢今天的饭食。"要是格里高尔把东西吃得一干二净，她会这样说。但是遇到相反的情形，并且这种情形越来越多了，她总是有点忧郁地说："又是什么都没有吃。"

虽然格里高尔无法直接得到任何消息，他却从隔壁房间里偷听到一些，只要听到一点点声音，他就急忙跑到那个房间的门后，把整个身子贴在门上。特别是在头几天，几乎没有什么谈话不牵涉他，即使是悄悄话。整整两天，一到吃饭时候，全家人就商量该怎么办；就是不在吃饭时候，也老是谈这个题目，那阵子家里至少总有两个人，因为谁也不愿孤单单地留在家里，至于全都出去那更是不可想象的事。就在第一天，女仆——她对这件事到底知道几分还弄不太清楚——来到母亲跟前，跪下来哀求让她辞退工作,当她一刻钟之后离开时,居然眼泪盈眶感激不尽,仿佛得到了什么大恩典似的,而且谁也没有逼她,她就立下重誓,说这件事她一个字也永远不对外人说。

女仆一走,妹妹就得帮着母亲做饭了;其实这事也并不太麻烦,因为事实上大家都简直不吃什么。格里高尔常常听到家里一个人白费力气地劝另一个人多吃一些,可是回答总不外是:"谢谢,我吃不下了。"或是诸如此类的话。现在似乎连酒也不喝了。他妹妹总是一次又一次地问父亲要不要喝啤酒,并且好心好意地说要亲自去买,她见父亲没有回答,便建议让看门的女人去买,免得父亲觉得过意不去,这时父亲断然地说一个"不"字,大家就再也不提这事了。

在头几天里,格里高尔的父亲便向母亲和妹妹解释了家庭的经济现状和远景。他常常从桌子旁边站起来,去取一些文件和账目,这都放在一只小小的保险箱里,这是五年前他的公司破产时保存下来的。他打开那把复杂的锁,窸窸窣窣地取出纸张又重新锁上的声音都一一听得清清楚楚。他父亲的叙述是格里高尔幽禁以来所听到的第一个愉快的消息。他本来还以为父亲的买卖什么也没有留下呢,至少父亲没有说过相反的话;当然,他也没有直接问过。那时,格里高尔唯一的愿望就是竭尽全力,让家里人尽快忘掉父亲事业崩溃使全家沦于绝望的那场大灾难。所以,他以不寻常的热情投入工作,很快就不再是个小办事员,而成为一个旅行推销员,赚钱的机会当然更多,他的成功马上就转化为亮晃晃圆滚滚的银币,好让他当着惊诧而又快乐的一家人的面放在桌子上。那真是美好的时刻啊,这种时刻以后就没有再出现过,至少是再也没有那种光荣感了,虽然后来格里高尔挣的钱已经够维持一家的生活,事实上家庭也的确是他在负担。大家都习惯了,不论是家里人还是格里高尔,收钱的人固然很感激，给的人也很乐意，可是再也没有那种特殊的温暖感觉了。只有妹妹和他最亲近，他心里有个秘密的计划，想让她明年进音乐学院，她跟他不一般，爱好音乐，小提琴拉得很动人，进音乐学院费用当然不会小，这笔钱一定得另行设法筹措。他逗留在家的短暂时间，音乐学院这一话题在他和妹妹之间经常提起，不过总把它当作一个永远无法实现的美梦；只要听到关于这件事的天真议论，他的父母就感到沮丧；然而格里高尔已经痛下决心，准备在圣诞节之夜隆重地宣布这件事。

这就是他贴紧门站着倾听时涌进脑海的一些想法，这在目前当然都是毫无意义的空想了。有时他实在疲倦了，便不再倾听，而是懒懒地把头靠在门上，不过总是立即又得抬起来，因为他弄出的最轻微的声音隔壁都听得见，谈话也因此完全停顿下来。"他现在又在干什么呢?"片刻之后他父亲会这样问，而且显然把头转向了门，这以后，被打断的谈话才会逐渐恢复。

由于他父亲很久没有接触经济方面的事,他母亲也总是不能一下子就弄清楚,所以他父亲老是一遍又一遍地反复解释,使格里高尔了解得非常详细:他的家庭虽然破产,却有一笔投资保存了下来——款子当然很小——而且因为红利没有动用,钱数还有些增加。另外,格里高尔每个月给的家用——他自己只留下几个零用钱——没有完全花掉,所以到如今也积成了一笔小数目。格里高尔在门后拼命点头,为这种他没料到的节约和谨慎而高兴。当然,本来他也可以用这些多余的款子把父亲欠老板的债再还掉些,使自己可以少替老板卖几天命,可是无疑还是父亲的做法更为妥当。

不过,如果光是靠利息维持家用,这笔钱还远远不够;这项款子可以使他们生活一年,至多两年,不能再多了。这笔钱根本就不能动用,要留着以备不时之需;日常的生活费用得另行设法。他父亲身体虽然还算健壮，但已经老了，他已有五年没做事，也很难期望他能有什么作为了；在他劳累的却从未成功过的一生里，他还是第一次过安逸的日子，在这五年里，他发胖了，连行动都不方便了。而格里高尔的老母亲患有气喘病，在家里走动都很困难，隔一天就得躺在打开的窗户边的沙发上喘得气都透不过来，又怎能叫她去挣钱养家呢？妹妹还只是个十七岁的孩子，她的生活直到现在为止还是一片欢乐，关心的只是怎样穿得漂亮些，睡个懒觉，在家务上帮帮忙，出去找些不太花钱的娱乐，此外最重要的就是拉小提琴，又怎能叫她去给自己挣面包呢？只要话题转到挣钱养家的问题，最初格里高尔总是放开了门，扑倒在门旁冰凉的皮沙发上，羞愧与焦虑得心中如焚。

他往往躺在沙发上，通夜不眠，一连好几个小时在皮面子上蹭来蹭去。他有时也集中全身力量，将扶手椅推到窗前，然后爬上窗台，身体靠着椅子，把头贴到玻璃窗上，他显然是企图回忆过去临窗眺望时所感到的那种自由。因为事实上，随着日子一天天过去，稍稍远一些的东西他就看不清了；从前，他常常诅咒街对面的医院，因为它老是逼近在他眼前，可是如今他却看不见了，倘若他不知道自己住在虽然僻静，却完全是市区的夏洛蒂街，他真要以为自己的窗子外面是灰色的天空与灰色的土地浑然成为一体的荒漠世界了。他那细心的妹妹只看见扶手椅两回都靠在窗前，就明白了；此后她每次打扫房间总把椅子推回到窗前，甚至还让里面那层窗子开着。

如果他能开口说话，感激妹妹为他所做的一切，他也许还能多少忍受她的怜悯，可现在他却受不住。她工作中不太愉快的那些方面，她显然想尽量避免；日子一天天过去，她的确逐渐达到了目的，可是格里高尔也渐渐地越来越明白了。她走进房间的样子就使他痛苦。她一进房间就冲到窗前，连房门也顾不上关,虽然她往常总是小心翼翼不让旁人看到格里高尔的房间。她仿佛快要窒息了,用双手匆匆推开窗子,甚至在严寒中也要当风站着做深呼吸。她这种吵闹急促的步子一天总有两次使得格里高尔心神不定;在这整段时间里,他都得蹲在沙发底下,打着哆嗦。他很清楚,她和他待在一起时,若是不打开窗子也还能忍受,她是绝对不会如此打扰他的。

有一次,大概在格里高尔变形一个月以后,其实这时她已经没有理由见到他再吃惊了,她比平时进来得早了一些,发现他正一动不动地向着窗外眺望,所以模样更像妖魔了。要是她光是不进来格里高尔倒也不会感到意外,因为既然他在窗口,她当然不能立刻开窗了,可是她不仅退出去,而且仿佛是大吃一惊似的跳了回去,并且还砰地关上了门;陌生人还以为他是故意等在那儿要扑过去咬她呢。格里高尔当然立刻就躲到了沙发底下,可是他一直等到中午她才重新进来,看上去比平时更显得惴惴不安。这使他明白,妹妹看见他依旧那么恶心,而且以后也势必一直如此。她看到他身体的一小部分露出在沙发底下而不逃走,该是做出了多大的努力呀。为了使她不致如此,有一天他花了四个小时的劳动,用背把一张被单拖到沙发上,铺得使它可以完全遮住自己的身体,这样,即使她弯下身子也不会看到他了。如果她认为被单放在那儿根本没有必要,她当然会把它拿走,因为格里高尔这样把自己遮住又蒙上自然不会舒服。可是她并没有拿走被单,当格里高尔小心翼翼地用头把被单拱起一些看她怎样对待新情况的时候,他甚至仿佛看到妹妹眼睛里闪出了一丝感激的光辉。

在最初的两个星期里,他的父母亲鼓不起勇气进他的房间,他常常听到他们对妹妹的行为表示感激,而以前他们是常常骂她,说她是个不中用的女儿的。可是现在呢,在妹妹替他收拾房间的时候,老两口往往在门外等着,她一出来就问她房间里的情形,格里高尔吃了什么,他这一次行为怎么样,是否有些好转的迹象。过了不多久,母亲想要来看他了,起先父亲和妹妹都用种种理由劝阻她,格里高尔留神地听着,暗暗也都同意。后来,他们不得不用强力拖住她了,而她却拼命嚷道:"让我进去瞧瞧格里高尔,他是我可怜的儿子!你们就不明白我非进去不可吗?"听到这里,格里高尔想也许还是让她进来的好,当然不是每天都来,每星期一次也就差不多了;她毕竟比妹妹更周到些,妹妹虽然勇敢,总还是个孩子,再说她之所以担当这件苦差事恐怕还是因为年轻稚气,少不更事罢了。

格里高尔想见他母亲的愿望很快就实现了。在大白天,考虑到父母的脸面,他不愿趴在窗子上让人家看见,可是他在几平方米的地板上没什么好爬的,漫漫的长夜里他也不能始终安静地躺着不动,此外他很快就失去了对于食物的任何兴趣,因此，为了锻炼身体，他养成了在墙壁和天花板上纵横交错地爬来爬去的习惯。他特别喜欢倒挂在天花板上，这比躺在地板上强多了，呼吸起来也轻松多了，而且身体也可以轻轻地晃来晃去；倒悬的滋味使他乐而忘形，他忘乎所以地松了腿，直挺挺地掉在地板上。可是如今他对自己身体的控制能力比以前大有进步，所以即使摔得这么重，也没有受到损害。他的妹妹马上就注意到了格里高尔新发现的娱乐——他的脚总要在爬过的地方留下一种黏液——于是她想到应该让他有更多地方可以活动，得把碍路的家具搬出去，首先要搬的是五斗橱和写字台。可是一个人干不了；她不敢叫父亲来帮忙；家里的用人又只有一个十六岁的使女，女仆走后她虽说有勇气留下来，但是她求主人赐给她一个特殊的恩惠，让她把厨房门锁着，只有在人家特意叫她时才打开，所以她也是不能帮忙的；这样，除了趁父亲出去时求母亲帮忙之外，也没有别的法子可想了。老太太真的来了,一边还兴奋地叫喊着,可是这股劲头没等她来到格里高尔房门口就烟消云散了。格里高尔的妹妹当然先进房间,她来看看是否一切都很稳妥,然后再招呼母亲。格里高尔赶紧把被单拉低些,并且把它弄得皱褶更多些,让人看了以为这是随随便便扔在沙发上的。这一回他也不打沙发底下往外张望了;他放弃了见到母亲的快乐,她终于来了,这就已经使他喜出望外了。"进来吧,他躲起来了。"妹妹说,显然是搀着母亲的手在领她进来。此后,格里高尔听到了两个荏弱的女人使劲把那口旧柜子从原来的地方拖出来的声音,他妹妹只管挑重活儿干,根本不听母亲叫她当心累坏身子的劝告。她们搬了很久。在拖了至少一刻钟之后,母亲提出相反的意见,说这口橱还是放在原处的好,因为首先它太重了,在父亲回来之前是绝对搬不走的;而这样立在房间的中央当然只会更加妨碍格里高尔的行动,况且把家具搬出去是否就合格里高尔的意,这可谁也说不上来。她甚至还觉得恰恰相反呢;她看到墙壁光秃秃,只觉得心里堵得慌,为什么格里高尔就没有同感呢,既然好久以来他就用惯了这些家具,一旦没有,当然会觉得很凄凉。最后她又压低了声音说——事实上自始至终她都几乎是用耳语在说话,她仿佛连声音都不想让格里高尔听到——他到底藏在哪儿她并不清楚——因为她相信他已经听不懂她的话了——"再说,我们搬走家具,岂不等于向他表示,我们放弃了他好转的希望,硬着心肠由他去了吗?我想还是让他的房间保持原状的好,这样,等格里高尔回到我们中间,他就会发现一切如故,也就能更容易忘掉这期间发生的事了。"

听到了母亲这番话,格里高尔明白两个月不与人交谈以及单调的家庭生活,已经把他的头脑弄糊涂了,否则他就无法解释,他怎么会真希望把房间里的家具清出去。难道他真的要把那么舒适的放满祖传家具的温暖的房间变成光秃秃的洞窟，好让自己不受阻碍地往四面八方乱爬，同时还要把做人的时候的回忆忘得干干净净作为代价吗？他的确已经濒于忘却一切，只是靠了好久没有听到的母亲的声音，才把他拉了回来。什么都不能从他房间里搬出去；一切都得保持原状；他不能丧失这些家具对他精神状态的良好影响；即使在他无意识地到处乱爬的时候家具的确挡住他的路，这也绝不是什么妨碍，而是大大的好事。

不幸的是，妹妹却有不同的看法；她已经惯于把自己看成格里高尔事务的专家了，自然认为自己要比父母高明，这当然也有点道理，所以母亲的劝说只能使她决心不仅仅搬走柜子和书桌，这只是她的初步计划，而且还要搬走一切，只剩那张不可缺少的沙发。她做出这个决定当然不仅仅是出于孩子气的倔强和她近来自己也没料到的，花了艰苦代价而获得的自信心；她的确觉得格里高尔需要许多地方爬动,另一方面,他又根本用不着这些家具,这也是不言而喻的。另一个原因也可能是她这种年龄的少女的热烈气质,她们无论做什么事总要迷在里面,这个原因使得葛蕾特夸大哥哥环境的可怕,这样,她就能给他做更多的事了。对于一个由格里高尔一个人主宰的光有四堵空墙的房间,除了葛蕾特是不会有别人敢于进去的。

因此,她不因为母亲的一番话而动摇自己的决心,母亲在格里高尔的房间里越来越不舒服,所以也拿不稳主意,旋即不作声了,只是竭力帮她女儿把柜子推出去。如果不得已,格里高尔也可以不要柜子,可是写字台是非留下不可的。这两个女人哼哼着刚把柜子推出房间,格里高尔就从沙发底下探出头来,想看看该怎样尽可能温和妥善地干预一下。可是真倒霉,是他母亲先回房间来的,她让葛蕾特独自在隔壁房间攀住柜子摇晃着往外拖,柜子当然是一动也不动。母亲没有看惯他的模样;为了怕她看了吓出病来，格里高尔马上退到沙发另一头去，可是还是使被单在前面晃动了一下。这就已经使她大吃一惊了。她愣住了，站了一会儿，这才往葛蕾特那儿跑去。

虽然格里高尔不断地安慰自己，说根本没有出什么大不了的事，只是挪动了几件家具，但他很快就不得不承认，这两个女人跑过来跑过去，她们的轻声叫喊以及家具在地板上的拖动，这一切给了他很大影响，仿佛动乱从四面八方同时袭来，尽管他拼命把头和腿都蜷成一团贴紧在地板上，他也不得不承认他忍受不了多久了。她们在搬清他房间里的东西，把他所喜欢的一切都拿走；安放他的钢丝锯和各种工具的柜子已经给拖走了；她们这会儿正把几乎陷进地板里去的写字台抬起来，他在商学院念书时所有的作业就是在这张桌子上做的，更早的还有中学的作业，还有，对了，小学的作业——他再也顾不上体会这两个女人的良好动机了，他几乎已经忘了她们的存在，因为她们太累了，干活时连声音也发不出来，除了她们沉重的脚步声以外，旁的什么也听不见。

因此他冲出去了——两个女人在隔壁房间正靠着写字台略事休息——他换了四次方向，因为他真的不知道应该先拯救什么；接着，他看见了对面的那面墙，靠墙的东西已给搬得七零八落了，墙上那幅穿皮大衣的女士的像吸引了他，格里高尔急忙爬上去，紧紧地贴在镜面玻璃上，这地方倒挺不错，他那火热的肚子顿时觉得惬意多了。至少，这张完全藏在他身子底下的画是谁也不许搬走的。他把头转向起居室，以便两个女人重新进来的时候可以看到她们。

她们休息了没多久就已经往里走来了；葛蕾特用胳膊围住她母亲，简直是在抱着她。"那么，我们现在再搬什么呢？"葛蕾特说，向周围扫了一眼，她的眼睛遇上了格里高尔从墙上射来的眼光。

大概是母亲也在场的缘故,她保持住了镇静,她向母亲低下头去,免得母亲的眼睛抬起来,说道:"走吧,我们要不要再回起居室去待一会儿?"她的意图格里高尔非常清楚;她是想把母亲安置到安全的地方,然后再来把他从墙上赶下来。好吧,让她来试试看吧!他抓紧了他的图片绝不退让。他还想对准葛蕾特的脸飞扑过去呢。

可是葛蕾特的话却已经使母亲感到不安了,她向旁边跨了一步,看到了印花墙纸上那一大团棕色的东西,她还没有真的理会到她见的正是格里高尔,就用嘶哑的声音大叫起来:"啊,上帝,啊,上帝!"接着就双手一摊倒在沙发上,仿佛听天由命似的,一动也不动了。"唉,格里高尔!"他妹妹喊道,对他又是挥拳又是瞪眼。自从变形以来这还是她第一次直接对他说话。她跑到隔壁房间去拿什么香精来使母亲从昏厥中苏醒过来。格里高尔也想帮忙——要救那张图片以后还有时间——可是他已经紧紧地粘在玻璃上，不得不使点劲儿才能够让身子移动；接着他就跟在妹妹后面奔进房间，好像他与过去一样，真能给她什么帮助似的；可是他马上就发现，自己只能无可奈何地站在她后面；妹妹正在许许多多小瓶子堆里找来找去，等她回过身来一看到他，真的又吃了一惊；一只瓶子掉到地板上，打碎了；一块玻璃片划破了格里高尔的脸，不知什么腐蚀性的药水溅到了他身上；葛蕾特才愣住一小会儿，就马上抱起所有拿得了的瓶子跑到母亲那儿去了；她用脚砰地把门关上。格里高尔如今和母亲隔开了，她就是因为他，也许快要死了；他不敢开门，生怕吓跑了不得不留下来照顾母亲的妹妹；目前，除了等待，他没有别的事可做；他被自我谴责和忧虑折磨着，就在墙壁、家具和天花板上到处乱爬起来，最后，在绝望中，他觉得整个房间竟在他四周旋转，就掉了下来，跌落在大桌子的正中央。

过了一小会儿，格里高尔依旧软弱无力地躺着，周围寂静无声；这也许是个吉兆吧。接着门铃响了。使女当然是锁在她的厨房里的，只能由葛蕾特去开门。进来的是他的父亲。"出了什么事？"他一开口就问；准是葛蕾特的神色把一切都告诉他了。葛蕾特显然把头埋在父亲胸口上，因为她的回答听上去闷声闷气的："妈妈刚才晕过去了，不过这会儿已经好点了。格里高尔逃了出来。"——"果然不出我的所料，"他父亲说，"我不是告诉过你们吗，可是你们这些女人根本不听。"格里高尔清楚地感觉到他父亲把葛蕾特过于简单的解释想到最坏的方面去了，他大概以为格里高尔做了什么凶狠的事呢。格里高尔现在必须设法使父亲息怒，因为他既来不及也无法替自己解释。因此他赶忙爬到自己房间的门口，蹲在门前，好让父亲从客厅里一进来便可以看见自己的儿子乖得很，一心想立即回自己房间，根本不需要赶，要是门开着，他马上就会进去的。

可是父亲目前的情绪完全无法体会他那细腻的感情。"啊!"他一露面就喊道,声音里既有狂怒,同时又包含了喜悦。格里高尔把头从门上缩回来,抬起来瞧他的父亲。啊,这简直不是他想象中的父亲了;显然,最近他太热衷于爬天花板这一新的消遣,对家里别的房间里的情形就不像以前那样感兴趣了,他真应该预料到某些新的变化才行。不过,不过,这难道真是他父亲吗?从前,每逢格里高尔动身出差,他父亲总是疲惫不堪地躺在床上;格里高尔回来过夜总看见他穿着睡衣靠在一张长椅子里,他连站都站不起来,把手举一举就算是欢迎。一年里有那么一两个星期天,还得是盛大的节日,他也偶尔和家里人一起出去,总是走在格里高尔和母亲的当中,他们走得已经够慢的了,可是他还要慢,他裹在那件旧大衣里,靠了那把弯柄的手杖的帮助艰难地向前移动,每走一步都先要把手杖小心翼翼地支好,逢到他想说句话,往往要停下脚步,让卫护的人靠拢来。难道那个人就是他吗?现在他身子笔直地站着,穿一件有金色纽扣的漂亮的蓝制服,这通常是银行的杂役穿的;他那厚实的双下巴鼓出在上衣坚硬的高领子外面;从他浓密的睫毛下面,那双黑眼睛射出了神气十足咄咄逼人的光芒;他那头本来乱蓬蓬的头发如今从当中整整齐齐一丝不苟地分了开来,两边都梳得又光又平。他把那顶绣有金字——肯定是哪家银行的标记——的帽子远远地往房间那头的沙发上一扔,把大衣的下摆往后一甩,双手插在裤袋里,板着严峻的脸朝格里高尔冲来。他大概自己也不清楚要干什么;但是他却把脚举得老高,格里高尔一看到他那大得惊人的鞋后跟简直吓呆了。不过格里高尔不敢冒险听任父亲摆弄,他知道从自己新生活的第一天起,父亲就是主张对他采取严厉措施的。因此他就在父亲的前头跑了起来,父亲停住他也停住,父亲稍稍一动他又急急地奔跑。就这样，他们绕着房间转了好几圈，并没有真出什么事；事实上这简直都不太像是追逐，因为他们都走得很慢。所以格里高尔也没有离开地板，生怕父亲把他的爬墙和上天花板看成一种特别恶劣的行为。可是，即使就这样跑他也支持不了多久，因为他父亲迈一步，他就得动好多下。他已经感到气喘不过来了，他从前做人的时候肺也不太强。他跌跌撞撞地向前冲，因为要把精力全部集中在奔走上，连眼睛都几乎不睁开来；在昏乱的状态中，除了向前冲以外，他根本没有想到还有别的出路；他几乎忘记自己是可以随便上墙的，但是在这个房间里放着凸凸凹凹精雕细镂的家具，把墙挡住了——正在这时，突然有一样扔得不太有力的东西飞了过来，落在他紧后面，又滚到他前面去。这是一只苹果；紧接着第二只苹果又扔了过来；格里高尔惊慌地站住了；再跑也没有用了，因为他父亲决心要轰炸他了。他把碗橱上盘子里的水果装满了衣袋,也没有好好地瞄准,只是把苹果一只接一只地扔出来。这些小小的红苹果在地板上滚来滚去,仿佛有吸引力似的,都在互相碰撞。一只扔得不太用力的苹果轻轻擦过格里高尔的背,没有带给他什么损害就飞走了。可是紧跟着马上飞来了另一只,正好打中了他的背并且还陷了进去;格里高尔挣扎着往前爬,仿佛能把这种可惊的莫名其妙的痛苦留在身后似的;可是他觉得自己好像被钉在原处,就六神无主地瘫倒在地上。在清醒的最后一刹那,他瞥见他的房门猛然打开,母亲抢在尖叫着的妹妹前头跑了过来,身上只穿着内衣,她女儿为了让她呼吸舒畅好缓过气来,已经把她的衣服都解开了,格里高尔看见母亲向父亲扑过去,解松了的裙子一条接着一条都掉在地板上,她绊着裙子径直向父亲奔去,抱住他,紧紧地搂住他,双手围在父亲的脖子上,求他别伤害儿子的生命——可是这时,格里高尔的眼光已经逐渐暗淡了。

三

格里高尔所受的重创使他有一个月不能行动——那只苹果还一直留在他身上,没人敢去取下来,仿佛这是一个公开的纪念品似的——他的受伤好像使父亲也想起了他是家庭的一员,尽管他现在很不幸,外形使人看了恶心,但是也不应把他看成敌人,相反,家庭的责任正需要大家把厌恶的心情压下去,而用耐心来对待,只能是耐心,别的都无济于事。

虽然他的创伤损害了,而且也许是永久地损害了他行动的能力,目前,他从房间的一端爬到另一端也得花好多好多分钟,活像个老弱的病人——

说到上墙在目前更是谈也不用谈——可是，在他自己看来，他的受伤还是得到了足够的补偿，因为每到晚上——他早在一两个小时以前就一心一意等待着这个时刻了，起居室的门总是大大地打开，这样他就可以躺在自己房间的暗处，家里人看不见他，他却可以看到三个人坐在点上灯的桌子旁边，可以听到他们的谈话，这大概是他们全都同意的。比起早先的偷听，这可要强多了。

的确，他们的关系中缺少了先前那种活跃的气氛。过去，当他投宿在客栈狭小的寝室里，疲惫不堪，要往潮滋滋的床铺上倒下去的时候，他总是以一种渴望的心情怀念这种气氛的。他们现在往往很沉默。晚饭吃完不久，父亲就在扶手椅里打起瞌睡来；母亲和妹妹就互相提醒谁都别说话；母亲把头低低地俯在灯下，在给一家时装店做精细的针线活；他妹妹已经当了售货员，为了将来找更好的工作，在利用晚上的时间学习速记和法语。有时父亲醒了过来，仿佛根本不知道自己已经睡了一觉，还对母亲说："你今天干了这么多针线活呀！"话才说完又睡着了，于是娘儿俩又交换一下疲倦的笑容。

父亲脾气真执拗，连在家里也一定要穿上那件制服，他的睡衣一无用处地挂在钩子上，他穿得整整齐齐，坐着坐着就睡着了，好像随时要去应差，即使在家里也要对上司唯命是从似的。这样下来，虽则有母亲和妹妹的悉心保护，他那件本来就不是簇新的制服已经开始显得脏了，格里高尔常常整夜整夜地望着纽扣老是擦得金光闪闪的外套上的一摊摊油迹，老人就穿着这件外套极不舒服却又是极安宁地坐在那里沉入了睡乡。

一等钟敲十下，母亲就设法用婉言款语把父亲唤醒，劝他上床去睡，因为坐着睡休息不好，可他最需要的就是休息，因为他六点钟就得去上班。可是自从他在银行里当了杂役以来，不知怎的得了犟脾气，他总想在桌子旁边再坐上一会儿，可是又总是重新睡着，到后来得花九牛二虎之力才能把他从扶手椅弄到床上去。不管格里高尔的母亲和妹妹怎样不断用温和的话一个劲儿地催促他，他总要闭着眼睛，慢慢地摇头，摇上一刻钟，就是不肯站起来。母亲拉着他的袖管，对着他的耳朵轻声说些甜蜜的话，他妹妹也扔下了功课跑来帮助母亲。可是格里高尔的父亲还是不上钩。他一味往椅子深处退去。直到两个女人抓住他的胳肢窝把他拉了起来，他才睁开眼睛，看看这个，又看看那个，而且总要说："我过的是什么日子呀。这就算是我安宁、平静的晚年了吗？"于是就由两个人搀扶着挣扎站起来，好不费力，仿佛自己对自己都是一个沉重的负担，还要她们一直扶到门口，这才挥挥手叫她们回去，独自往前走，可是母亲还是放下了针线活，妹妹也放下笔，追上去再搀他一把。

在这个操劳过度疲倦不堪的家庭里，除了做绝对必需的事情以外，谁还有时间替格里高尔操心呢？家计日益窘迫；使女也给辞退了；一个蓬着满头白发高大瘦削的老妈子一早一晚来替他们做些粗活；其他的一切家务事就落在格里高尔母亲的身上。此外，她还得做一大堆一大堆的针线活。连母亲和妹妹以往每逢参加晚会和喜庆日子总要骄傲地戴上的那些首饰，也不得不变卖了，一天晚上，家里人都在讨论卖得的价钱，格里高尔才发现了这件事。可是最使他们悲哀的就是没法从与目前的景况不相称的住所里迁出去，因为他们想不出有什么法子搬动格里高尔。可是格里高尔很明白，对他的考虑并不是妨碍搬家的主要原因，因为他们满可以把他装在一只大小合适的盒子里，只要留几个通气的孔眼就行了；他们彻底绝望了，还相信他们是注定了要交上这种所有亲友都没交过的厄运，这才是使他们没有迁往他处的真正原因。世界上要求穷人的一切，他们都已尽力做了：父亲在银行里给小职员买早点，母亲把自己的精力耗费在替陌生人缝内衣上，妹妹听顾客的命令在柜台后面急急地跑来跑去，超过这个界限就是他们力所不及的了。把父亲送上了床，母亲和妹妹就重新回到房间，她们总是放下手头的工作，靠得紧紧地坐着，脸挨着脸，接着母亲指指格里高尔的房门说："把这扇门关上吧，葛蕾特。"于是他重新被关入黑暗中，而隔壁的两个女人就涕泗交流起来，或是眼眶干枯地瞪着桌子；逢到这样的时候，格里高尔背上的创伤总要又一次地使他感到疼痛难忍。

不管是夜晚还是白天，格里高尔都几乎不睡觉。有一个想法老是折磨着他：下一次门再打开时他就要像过去那样重新挑起一家的担子了；隔了这么久以后，他脑子里重又出现了老板、秘书主任、那些旅行推销员和练习生的影子，他仿佛还看见了那个奇蠢无比的听差、两三个在别的公司里做事的朋友、一个乡村客栈里的侍女，这是个一闪即逝的甜蜜的回忆;还有一个女帽店里的出纳,格里高尔殷勤地向她求过爱,但是让人家捷足先登了——他们都出现了,另外还有些陌生的或他几乎已经忘却的人,但是他们非但不帮他和他家庭的忙,还一个个都那么冷冰冰,格里高尔看到他们从眼前消失,心里只有感到高兴。另外,有的时候,他没有心思为家庭担忧,却因为家人那样忽视自己而积了一肚子的火,他自己也弄不清楚到底爱吃什么,却打算闯进食物储藏室去把本该属于他分内的食物叼走。他妹妹再也不考虑拿什么他可能最爱吃的东西来喂他了,只是在早晨和中午上班以前匆匆忙忙地用脚把食物拨进来,手头有什么就给他吃什么,到了晚上只是用扫帚一下子再把东西扫出去,也不管他是尝了几口呢,还是——这是最经常的情况——连动也没有动。她现在总是在晚上给他打扫房间,她的打扫不能再草率了。墙上尽是一缕缕的灰尘,到处都是成团的尘土和脏东西。起初格里高尔在妹妹要来的时候总待在特别肮脏的角落里，他的用意也算是以此责难她。可是即使他再蹲上几个星期也无法使她有所改进；她跟他一样完全看得见这些尘土，可就是决心不管。不但如此，她新近脾气还特别暴躁，这也不知怎的传染给了全家人，这种脾气使她认定自己是格里高尔房间唯一的管理人。他的母亲有一回把他的房间彻底扫除了一番，其实不过是用了几桶水罢了——房间的潮湿当然使得格里高尔大为狼狈，他摊开身子阴郁地一动不动地躺在沙发上——可是母亲为这事也受了罪。那天晚上，妹妹刚察觉到他房间所发生的变化，就怒不可遏地冲进起居室，而且不顾母亲举起双手苦苦哀求，竟号啕大哭起来，她的父母——父亲当然早就从椅子里惊醒站立起来了——最初只是无可奈何地愕然看着，接着也卷了进来；父亲先是责怪右边的母亲，说打扫格里高尔的房间本来是女儿的事，她真是多管闲事；接着又尖声地对左边的女儿嚷叫，说以后再也不让她去打扫格里高尔的房间了；而母亲呢，却想把父亲拖到卧室里去，因为他已经激动得不能控制自己了；妹妹哭得浑身发抖，只管用她那小拳头擂打桌子；格里高尔也气得发出很响的咻咻声，因为没有人想起关上门，省得他看到这一场好戏，听到这么些吵闹。

可是，即使妹妹因为一天工作下来疲惫不堪，已经懒得像先前那样去照顾格里高尔了，母亲也没有自己去管的必要，而格里高尔倒也根本不会给忽视，因为现在有那个老妈子了。这个老寡妇的结实精瘦的身体使她经受了漫长的一生中所有最最厉害的打击，她根本不怕格里高尔。她有一次完全不是因为好奇，而纯粹是出于偶然打开了他的房门，看到了格里高尔，格里高尔吃了一惊，便四处奔跑起来，其实老妈子根本没有追他，只是叉着手站在那儿罢了。从那时起，一早一晚，她总不忘记花上几分钟把他的房门打开一些来看看他。起先她还用自以为亲热的话招呼他,比如:"来呀,嗨,你这只老屎壳郎!"或者是:"瞧这老屎壳郎哪,吓!"对于这样的攀谈格里高尔置之不理,只是一动不动地待在原处,就当那扇门根本没有开。与其容许她兴致一来就这样无聊地滋扰自己,还不如命令她天天打扫他的房间呢,这粗老妈子!有一次,是在清晨——急骤的雨点敲打着窗玻璃,这大概是春天快来临的征兆吧——她又来啰唆了,格里高尔好不恼怒,就向她冲去,仿佛要咬她似的,虽然他的行动既缓慢又软弱无力。可是那个老妈子非但不害怕,反而把刚好放在门旁的一张椅子高高举起,她的嘴张得老大,显然是要等椅子往格里高尔的背上砸下去才会闭上。"你又不过来了吗?"看到格里高尔掉过头去,她一面问,一面镇静地把椅子放回墙角。

格里高尔现在简直不吃东西了。只有在他正好经过食物时才会咬上一口,作为消遣,每次都在嘴里嚼上一个小时,然后又重新吐掉。起初他还以为他不想吃是因为房间里凌乱不堪,使他心烦,可是他很快也就习惯了房间里的种种变化。家里人已经养成习惯,把别处放不下的东西都塞到这儿来,这些东西现在多得很,因为家里有一个房间租给了三个房客。这些一本正经的先生——他们三个全都蓄着大胡子,这是格里高尔有一次从门缝里看到的——什么都要井井有条,不光是他们的房间理得整齐,因为他们既然已经是这个家庭的一员了,他们就要求整个屋子所有的一切都得如此,特别是厨房。他们无法容忍多余的东西,更不要说脏东西了。此外,他们自己用得着的东西几乎都带来了。因此就有许多东西多了出来,卖出去既不值钱,扔掉也舍不得。这一切都千流归大海,来到了格里高尔的房间。同样,连煤灰箱和垃圾箱也来了。凡是暂时不用的东西都干脆给那老妈子扔了进来,她做什么事都那么毛手毛脚;幸亏格里高尔往往只看见一只手扔进来一样东西，也不管那是什么。她也许是想等到什么时机再把东西拿走吧，也许是想先堆起来再一起扔掉吧，可是实际上东西都是她扔在哪儿就在哪儿，除非格里高尔有时嫌碍路，把它推开一些，这样做最初是出于必须，因为他无处可爬了，可是后来却从中得到越来越多的乐趣，虽则在这样的长途跋涉之后，由于悒郁和极度疲劳，他总要一动不动地一连躺上好几个小时。

由于房客们常常要在家里公用的起居室里吃晚饭，有许多个夜晚房门都得关上，不过格里高尔很容易也就习惯了，因为晚上即使门开着他也根本不感兴趣，只是躺在自己房间最黑暗的地方，家里人谁也不注意他。不过有一次老妈子把门开了一道缝，门始终微开着，连房客们进来吃饭点亮了灯的时候也是如此。他们大模大样地坐在桌子的上首，在过去，这是父亲、母亲和格里高尔吃饭时坐的地方，三个人摊开餐巾，拿起了刀叉。立刻，母亲出现在对面的门口，手里端了一盘肉，紧跟着她的是妹妹，拿的是一盘堆得高高的土豆。食物散发着浓密的水蒸气。房客们把头俯在他们前面的盘子上，仿佛在就餐之前要细细察看一番似的，真的，坐在当中像是权威人士的那一位，等肉放到碟子里就割了一块下来，显然是想看看够不够嫩，是否应该退给厨房。他做出满意的样子，焦急地在一旁看着的母亲和妹妹这才舒畅地松了口气，笑了起来。

家里的人现在都到厨房去吃饭了。尽管如此，格里高尔的父亲到厨房去以前总要先到起居室来，手里拿着帽子，深深地鞠一躬，绕着桌子转上一圈。房客们都站起来，胡子里含含糊糊地哼出一些声音。父亲走后，他们就简直不发一声地吃他们的饭。格里高尔自己也觉得奇怪，他竟能从饭桌上各种不同的声音中分辨出他们牙齿的咀嚼声，这声音仿佛在向格里高尔示威：要吃东西就不能没有牙齿，即使是最坚强的牙床，只要没有牙齿，也算不了什么。"我饿坏了,"格里高尔悲哀地自言自语道,"可是又不能吃这种东西。这些房客拼命往自己肚子里塞,可是我快要饿死了!"

就在这天晚上,厨房里传来了小提琴的声音——格里高尔蛰居以来,就不记得听到过这种声音。房客们已经用完晚餐了,坐在当中的那个拿出一份报纸,给另外那两个人一人一页,这时他们都舒舒服服往后一靠,一面看报一面抽烟。小提琴一响他们就竖起耳朵,站起身来,蹑手蹑脚地走到前厅的门口,三个人挤成一堆,厨房里准是听到了他们的动作声,因为格里高尔的父亲喊道:"拉小提琴妨碍你们吗,先生们?可以马上不拉的。""没有的事,"当中那个房客说,"能不能请小姐到我们这儿来,在这个房间里拉,这儿不是方便得多舒服得多吗?""噢,当然可以。"格里高尔的父亲喊道,仿佛拉小提琴的是他似的。于是房客们就回起居室去等了。很快,格里高尔的父亲端了琴架,母亲拿了乐谱,妹妹挟着小提琴进来了。妹妹静静地做着一切准备;他的父母从来没有出租过房间,因此过分看重了对房客的礼貌,都不敢在自己的椅子上坐下来了;父亲靠在门上,右手插在号衣两颗纽扣之间,纽扣全扣得整整齐齐的;有一位房客端了一把椅子请母亲坐,他正好把椅子放在墙角边,她也没敢挪动椅子,就在墙角边坐了下来。

格里高尔的妹妹开始拉琴了;在她两边的父亲和母亲用心地瞧着她双手的动作。格里高尔受到吸引,也大胆地向前爬了几步,他的头实际上都已探进了起居室。他对自己越来越不为别人着想几乎已经习以为常了;有一度他是很以自己的知趣而自豪的。这样的时候他实在更应该把自己藏起来才是,因为他房间里灰尘积得老厚,稍稍一动就会飞扬起来,所以他身上也蒙满灰尘,背部和两侧都沾满了绒毛、发丝和食物的渣滓,走到哪里就带到哪里;他现在对一切都无动于衷,已经不屑于像过去有个时期那样，一天翻过身来在地毯上擦上几次了。尽管现在这么邋遢，他却老着脸皮地走前几步，来到起居室一尘不染的地板上。

显然，谁也没有注意到他。家里人完全沉浸在小提琴的音乐声中；房客们呢，他们起先双手插在口袋里，站得离乐谱那么近，以致都能看清乐谱了，这显然对他妹妹是有所妨碍的，可是过了不多久他们就退到窗子旁边，低着头窃窃私语起来，使父亲向他们投来不安的眼光。的确，他们表示得不能再露骨了，他们对于原以为是优美悦耳的小提琴演奏已经失望，他们已经听够了，只是出于礼貌才让自己的宁静受到打扰。从他们不断把烟从鼻子和嘴里喷向空中的模样，就可以看出他们的不耐烦。可是格里高尔的妹妹琴拉得真美。她的脸侧向一边，眼睛专注而悲哀地追循着乐谱上的音符。格里高尔又往前爬了几步，而且把头低垂到地板上，希望自己的眼光也许能遇上妹妹的视线。音乐对他有这么大的魔力,难道因为他是动物吗?他觉得自己一直渴望着某种营养,而现在他已经找到这种营养了。他决心再往前爬,一直来到妹妹的跟前,好拉拉她的裙子让她知道,她应该带了小提琴到他房间里去,因为这儿谁也不像他那样欣赏她的演奏。他永远也不让她离开他的房间,至少,只要他还活着;他那可怕的形状将第一次对自己有用;他要同时守望着房间里所有的门,谁闯进来就啐谁一口;他妹妹当然不受任何约束,她愿不愿和他待在一起那要随她的便;她将和他并排坐在沙发上,俯下头来听他吐露他早就下定的要送她进音乐学院的决心,要不是他遭到不幸,去年圣诞节——圣诞节准是早就过了吧?——他就要向所有人宣布了,而且他是完全不容许任何反对意见的。在听了这样的倾诉以后,妹妹一定会感动得热泪纵横,这时格里高尔就要爬上她的肩膀去吻她的脖子,由于出去做事,她脖子上现在已经不系丝带,也没有高领子。

"萨姆沙先生!"当中的那个房客向格里高尔的父亲喊道,一面不多说一句话地指着正在慢慢往前爬的格里高尔。小提琴声戛然而止,当中的那个房客先是摇着头对他的朋友笑了笑,接着又瞧起格里高尔来。父亲并没有来赶格里高尔,却认为更要紧的是安慰房客,虽然他们根本没有激动,而且显然觉得格里高尔比小提琴演奏更为有趣。他急忙向他们走去,张开胳膊,想劝他们回到自己房间去,同时也是挡住他们,不让他们看见格里高尔。他们现在倒真的有点恼火了,也说不上来到底是因为老人的行为呢还是因为他们如今才发现住在他们隔壁的竟是格里高尔这样的邻居。他们要求父亲解释清楚,也跟他一样挥动着胳膊,不安地拉着自己的胡子,万般不情愿地向自己的房间退去。格里高尔的妹妹从演奏给突然打断后就呆若木鸡,她拿了小提琴和弓垂着手不安地站着,眼睛瞪着乐谱,这时也清醒了过来。她立刻打起精神,把小提琴往坐在椅子上喘得透不过气来的母亲的怀里一塞,就冲进了房客们的房间,这时,父亲像赶羊似的把他们赶得更急了。可以看见被褥和枕头在她熟练的手底下在床上飞来飞去,不一会儿就铺得整整齐齐。三个房客尚未进门她就铺好了床溜出来了。老人好像又一次让自己的犟脾气占了上风,竟完全忘了对房客应该尊敬。他不断地赶他们,最后来到卧室门口,那个当中的房客都用脚重重地顿地板了,这才使他停下来。那个房客举起一只手,一边也对格里高尔的母亲和妹妹扫了一眼,他说:"我要求宣布,由于这个住所和这家人家的可憎的状况,"——说到这里他斩钉截铁地往地板上啐了一口——"我当场通知退租。我住进来这些天的房钱当然一个也不给;不但如此,我还打算向您提出对您不利的控告,所依据的理由——请您放心好了——也是证据确凿的。"他停了下来,瞪着前面,仿佛在等待什么似的。这时,他的两个朋友也就立刻冲上来助威,说道:"我们也当场通知退租。"说完为首的那个就抓住把手砰的一声带上了门。

格里高尔的父亲用双手摸索着踉踉跄跄地往前走了几步,跌进了他的椅子;看上去仿佛打算摊开身子像平时晚间那样打个瞌睡,可是他的头分明在颤抖,好像自己也控制不了,这证明他根本没有睡着。在这些事情发生前后,格里高尔还是一直安静地待在房客发现他的原处。计划失败带来的失望,也许还有极度饥饿造成的衰弱,使他无法动弹。他很害怕,心里算准这样极度紧张的局势随时都会导致对他发起总攻击,于是他就躺在那儿等待着。就连听到小提琴从母亲膝上、从颤抖的手指里掉到地上,发出了共鸣的声音,他还是毫无反应。

"亲爱的爸爸妈妈,"妹妹说话了,一面用手在桌子上拍了拍,算是引子,"事情不能再这样拖下去了。你们也许不明白,我可明白。对着这个怪物,我没法开口叫他哥哥,所以我的意思是:我们一定得把他弄走。我们照顾过他，对他也算是仁至义尽了，我想谁也不能责怪我们有半分不是了。"

"她说得对极了。"格里高尔的父亲自言自语地说。母亲仍旧因为喘不过气来憋得难受，这时候又一手捂着嘴干咳起来，眼睛里露出疯狂的神色。

他妹妹奔到母亲跟前，抱住了她的头。父亲的头脑似乎因为葛蕾特的话而茫然不知所从了；他直挺挺地坐着，手指抚弄着他那顶放在房客吃过饭还未撤下去的盆碟之间的制帽，还不时看看格里高尔一动不动的身影。

"我们一定要把他弄走，"妹妹又一次明确地对父亲说，因为母亲正咳得厉害，根本连一个字也听不见，"他会把你们拖垮的，我知道准会这样。咱们三个人都已经拼了命工作，再也受不了家里这样的折磨了。至少我是再也无法忍受了。"说到这里她痛哭起来，眼泪都落在母亲脸上，于是她又机械地替母亲把泪水擦干。

"我的孩子，"老人同情地说，心里显然非常明白，"不过我们该怎么办呢？"

格里高尔的妹妹只是耸耸肩膀，表示虽然她刚才很有自信心，可是哭过一场以后，又觉得无可奈何了。

"如果他能懂得我们的意思。"父亲半带疑问地说；还在哭泣的葛蕾特猛烈地挥了一下手，表示这是不可思议的。

"如果他能懂得我们的意思，"老人重复说，一面闭上眼睛，考虑女儿的反面意见，"我们倒也许可以和他谈妥。不过事实上——"

"他一定得走，"格里高尔的妹妹喊道，"这是唯一的办法，父亲。你们一定要抛开这个念头，认为这就是格里高尔。我们好久以来都这样相信，这就是我们一切不幸的根源。这怎么会是格里高尔呢？如果这是格里高尔，他早就会明白人是不能跟这样的动物一起生活的，他就会自动地走开。这样，我虽然没有了哥哥，可是我们就能生活下去，并且会尊敬地纪念着他。可现在呢，这个东西把我们害得好苦，赶走我们的房客，显然想独霸所有的房间，让我们都睡到沟壑里去。瞧呀，父亲，"她立刻又尖声叫起来，"他又来了！"在格里高尔所不能理解的惊慌失措中她竟抛弃了自己的母亲，事实上她还把母亲坐着的椅子往外推了推，仿佛是为了离格里高尔远些，她情愿牺牲母亲似的。接着她又跑到父亲背后，父亲被她的激动弄得不知如何是好，也站了起来张开手臂仿佛要保护她似的。

可是格里高尔根本没有想吓唬任何人，更不要说自己的妹妹了。他只不过是开始转身，好爬回自己的房间去，不过他的动作瞧着一定很可怕，因为在身体不灵活的情况下，他只有昂起头来一次又一次地支着地板，才能完成困难的向后转的动作。他的良好的意图似乎给看出来了；他们的惊慌只是暂时性的。现在他们都阴郁而默不作声地望着他。母亲躺在椅子里,两条腿僵僵地伸直着,并紧在一起,她的眼睛因为疲惫已经几乎全闭上了;父亲和妹妹彼此紧靠地坐着,妹妹的胳膊还围在父亲的脖子上。

也许我现在又有气力转过身去了吧,格里高尔想,又开始使劲起来。他不得不时时停下来喘口气。谁也没有催他;他们完全听任他自己活动。一等他掉转了身子,他马上就径直爬回去。房间和他之间的距离使他惊讶不已,他不明白自己身体这么衰弱,刚才是怎么不知不觉就爬过来的。他一心一意地拼命快爬,几乎没有注意家里人连一句话或是一下喊声都没有发出,以免妨碍他的前进。只是在爬到门口时他才扭过头来,也没有完全扭过来,因为他颈部的肌肉越来越发僵了,可是也足以看到谁也没有动,只有妹妹站了起来。他最后的一瞥是落在母亲身上的,她已经完全睡着了。

还不等他完全进入房间,门就给仓促地推上,闩了起来,还上了锁。后面突如其来的响声使他大吃一惊,身子下面那些细小的腿都吓得发软了。这么急急忙忙的是他的妹妹。她早已站起身来等着,而且还轻快地往前跳了几步,格里高尔甚至都没有听见她走近的声音,她拧了拧钥匙把门锁上以后就对父母亲喊道:"总算锁上了!"

"现在又该怎么办呢?"格里高尔自言自语地说,向四周围的黑暗扫了一眼。他很快就发现自己已经完全不能动弹了。这并没有使他吃惊,相反,他依靠这些又细又弱的腿爬了这么多路,这倒真是不可思议。其他也没有什么不舒服的地方了。的确,他整个身子都觉得酸疼,不过也好像正在逐渐减轻,以后一定会完全不疼的。他背上的烂苹果和周围发炎的地方都蒙上了柔软的尘土,早就不太难过了。他怀着温柔和爱意想着自己的一家人。他消灭自己的决心比妹妹还强烈呢,只要这件事真能办到。他陷在这样空虚而安谧的沉思中,一直到钟楼上打响了半夜三点。从窗外的世界透进来的第一道光线又一次地唤醒了他的知觉。接着他的头无力地颓然垂下,他的鼻孔里也呼出了最后一丝摇曳不定的气息。

清晨,老妈子来了——一半因为力气大,一半因为性子急躁,她总把所有的门都弄得乒乒乓乓,也不管别人怎么经常求她声音轻些,别让整个屋子的人在她一来以后就睡不成觉——她照例向格里高尔的房间张望一下,也没发现什么异常之处。她以为他故意一动不动地躺着装模作样;她对他做了种种不同的猜测。她手里正好有一把长柄扫帚,所以就从门口用它来拨撩格里高尔。这还不起作用,她恼火了,就更使劲地捅,但是只能把他从地板上推开去,却没有遇到任何抵抗,到了这时她才起了疑窦。很快她就明白了事情的真相,于是睁大眼睛,吹了一下口哨,她不多逗留,马上就去拉开萨姆沙夫妇卧室的门,用足气力向黑暗中嚷道:"你们快去瞧,它死了;它躺在那蹽腿儿了。一点气儿也没有了!"

萨姆沙先生和太太从双人床上坐起身体,呆若木鸡,直到弄清楚老妈子的消息到底是什么意思,才慢慢地镇定下来。接着他们很快就爬下了床,一个人爬一边,萨姆沙先生拉过一条毯子往肩膀上一披,萨姆沙太太光穿着睡衣;他们就这么打扮着进入了格里高尔的房间。同时,起居室的房门也打开了,自从收了房客以后葛蕾特就睡在这里;她衣服穿得整整齐齐,仿佛根本没有上过床,她那苍白的脸色更是证明了这一点。"死了吗?"萨姆沙太太说,怀疑地望着老妈子,其实她满可以自己去看个明白的,但是这件事即使不看也是明摆着的。"当然是死了。"老妈子说,一面用扫帚柄把格里高尔的尸体远远地拨到一边去,以此证明自己的话没错。萨姆沙太太动了一动,仿佛要阻止她,可是又忍住了。"那么,"萨姆沙先生说,"让我们感谢上帝吧。"他在身上画了个十字,那三个女人也照样做了。葛蕾特的眼睛始终没离开那个尸体,她说:"瞧他多瘦呀。他已经有很久什么也不吃了。东西放进去,出来还是原封不动。"的确,格里高尔的身体已经完全干瘪了,现在在他的身体再也不由那些腿脚支撑着,所以可以不受妨碍地看得一清二楚了。

"葛蕾特,到我们房里来一下。"萨姆沙太太带着忧伤的笑容说道,于是葛蕾特回过头来看看尸体,就跟着父母到他们的卧室里去了。老妈子关上门,把窗户大大地打开。虽然时间还很早,但新鲜的空气里也可以察觉一丝暖意。毕竟已经是三月底了。

三个房客走出他们的房间,看到早餐还没有摆出来觉得很惊讶;人家把他们忘了。"我们的早饭呢?"当中的那个房客恼怒地对老妈子说。可是她把手指放在嘴唇上,一言不发很快地做了个手势,叫他们上格里高尔的房间去看看。他们照着做了,双手插在不太体面的上衣的口袋里,围住格里高尔的尸体站着,这时房间里已经大亮了。

卧室的门打开了。萨姆沙先生穿着制服走出来,一只手搀着太太,另一只手搀着女儿。他们看上去有点像哭过似的,葛蕾特时时把她的脸偎在父亲的怀里。

"马上离开我的屋子!"萨姆沙先生说,一面指着门口,却没有放开两边的妇女。"您这是什么意思?"当中的房客说,往后退了一步,脸上挂着谄媚的笑容。另外那两个把手放在背后,不断地搓着,仿佛在愉快地期待着一场必操胜券的恶狠狠的殴斗。"我的意思刚才已经说得很明白了。"萨姆沙先生答道,同时挽着两个妇女笔直地向房客走去。那个房客起先静静地坚守着自己的岗位,低了头望着地板,好像他脑子里正在产生一种新的思想体系。"那么咱们就一定走。"他终于说道,同时抬起头来看看萨姆沙先生,仿佛他既然这么谦卑,对方也应对自己的决定做出新的考虑才是。但是萨姆沙先生仅仅睁大眼睛很快地点点头。这样一来,那个房客真的跨着大步走到门厅里去了,好几分钟以来,那两个朋友就一直在旁边听着,也不再摩拳擦掌,这时就赶紧跟着他走出去,仿佛害怕萨姆沙先生会赶在他们前面进入门厅,把他们和他们的领袖截断似的。在门厅里他们三人从衣钩上拿起帽子,从伞架上拿起手杖,默不作声地鞠了个躬,就离开了这套房间。萨姆沙先生和两个女人因为不相信——但这种怀疑马上就证明是多余的——便跟着他们走到楼梯口,靠在栏杆上瞧着这三个人慢慢地然而确实地走下长长的楼梯,每一层楼梯一拐弯他们就消失了,但是过了一会儿又出现了;他们越走越远,萨姆沙一家人对他们的兴趣也越来越小,当一个头上顶着一盘东西的得意扬扬的肉铺小伙计在楼梯上碰到他们随着又走过他们身旁以后,萨姆沙先生和两个女人立刻离开楼梯口，回了自己的家，仿佛卸掉了一个负担似的。

他们决定这一天完全用来休息和闲逛；他们干活干得这么辛苦，本来就应该有些调剂，再说他们现在也完全有这样的需要。于是他们在桌子旁边坐了下来，写三封请假信，萨姆沙先生写给银行的管理处，萨姆沙太太给她的东家，葛蕾特给她公司的老板。他们正写到一半，老妈子走进来说她要走了，因为早上的活儿都干完了。起先他们只是点点头，并没有抬起眼睛，可是她老在旁边转来转去，于是他们不耐烦地瞅起她来了。"怎么啦？"萨姆沙先生说。老妈子站在门口笑个不住，仿佛有什么好消息要告诉他们，但是人家不寻根究底地问，她就一个字也不说。她帽子上那根笔直竖着的小小的鸵鸟毛，此刻居然轻浮地四面摇摆着，自从雇了她，萨姆沙先生看见这根羽毛就心烦。"那么，到底是怎么回事？"萨姆沙太太问了，只有她在老妈子的眼里还有几分威望。"哦，"老妈子说，简直乐不可支，都没法把话顺顺当当地说下去，"这么回事，你们不必操心怎么弄走隔壁房里的东西了。我已收拾好了。"萨姆沙太太和葛蕾特重新低下头去，仿佛是在专心地写信；萨姆沙先生看到她一心想一五一十地说个明白，就果断地举起一只手阻住了她。既然不让说，老妈子就想起自己也忙得紧呢，她满肚子不高兴地嚷道："回头见，东家。"急急地转身就走，临走又把一扇扇的门弄得乒乒乓乓直响。

"今天晚上就告诉她以后不用来了。"萨姆沙先生说，可是妻子和女儿都没有理他，因为那个老妈子似乎重新驱走了她们刚刚获得的安宁。她们站起身来，走到窗户前，站在那儿，紧紧地抱在一起。萨姆沙先生坐在椅子里转过身来瞧着她们，静静地把她们观察了好一会儿。接着他嚷道："来吧，喂，让过去的都过去吧，你们也想想我好不好。"两个女人马上答应了,她们赶紧走到他跟前,安慰他,而且很快就写完了信。

于是他们三个一起离开公寓,已有好几个月没有这样的情形了,他们乘电车出城到郊外去。车厢里充满温暖的阳光,只有他们这几个乘客。他们舒服地靠在椅背上谈起了将来的前途,仔细一研究,前途也并不太坏,因为他们过去从未真正谈过彼此的工作,现在一看,工作都蛮不错,而且还很有发展前途。目前最能改善他们情况的当然是搬一个家,他们想找一所小一些、便宜一些、地点更合适也更易于收拾的公寓,要比格里高尔选的目前这所更加实用。正当他们这样聊着,萨姆沙先生和他太太在逐渐注意到女儿的心情越来越快活以后,老两口几乎同时突然发现,虽然最近女儿经历了那么多的忧患,脸色苍白,但是她已经成长为一个身材丰满的美丽的少女了。他们变得沉默起来,而且不自觉地交换了个互相会意的眼光,他们心里打定主意,快该给她找个好女婿了。仿佛要证实他们新的梦想和美好的打算似的,在旅途终结时,他们的女儿第一个跳起来,舒展了几下她那充满青春活力的身体。

在流放地

"这是一架不寻常的机器。"那军官对旅行家说,同时用赞赏的眼光瞧了瞧那架其实他早就非常熟悉的机器。旅行家似乎仅仅因为礼貌关系,才接受司令官的邀请,来参观一个不服从上级,侮辱上级,因而被判处死刑的士兵的处决。流放地当地的人对这次处决并没有表示什么兴趣。反正,在这个四周都是光秃秃巉崖的沙砾的小深山坳里,除了军官、旅行家、罪犯和一个兵士以外,就没有别人了,罪犯现出一副蠢相,张着大嘴,头发蓬松,脸上显出迷惘的神情,兵士手里拿着一根沉重的铁链,大链子控制了犯人脚踝、手腕和脖子上的小链子，小链子之间又都有链条连接着。不论从哪方面看，这个罪犯都很像一条听话的狗，使人简直以为尽可以放他在周围山上乱跑，只要临刑时吹个口哨就召回来了。

旅行家对这架机器兴趣不大，在军官最后一遍检查的时候，他只是在犯人后面踱来踱去，几乎掩饰不住自己的冷淡；那军官一会儿钻到深深陷在地里的机器的底部，一会儿爬上梯子去看上面的部件。这本应是机械工人的事，可是军官却干得非常起劲，不知是他特别欣赏这架机器呢，还是别有原因，所以不能托给别人。"成了！"他终于喊道，并从梯子上爬了下来。他显得格外有气无力，呼吸时得张大嘴巴，还把两条精致的女用手绢塞在军服的领口里。"在赤道地区，这样的制服实在太厚了。"旅行家说，却没有像军官希望的那样，问问机器方面的事。"当然是的。"军官说，一面在预先倒好的一桶水里洗他那双油腻腻的手，"不过这对我们来说就是祖国,我们不愿意忘记祖国。现在请你看看这架机器。"他随即又说,同时在毛巾上擦干手,又指指机器。"这以前,还有几个动作需要人来操作,可是从现在起就完全是自动的了。"旅行家点点头,走在他的后面。军官为了怕发生什么偶然事件使自己下不了台,又加了几句:"当然,机器有时不免要出些毛病;我希望今天不致如此,不过我们也不能不估计到这种可能性。这架机器应该连续工作十二小时。不过要是真的出了事,也一定是小毛病,马上就可以修好的。"

"您不坐下吗?"最后他问道,一面从一大堆藤椅里抽出一张,端给旅行家;这是旅行家无法拒绝的。他现在坐在坑边上,眼光向坑里快快地投了一眼。坑不太深。在坑的一边,挖出的土堆成了一堵墙,在另一边就耸立着那架机器。军官说:"我不知道司令官有没有对您解释过这架机器。"旅行家含混地挥了挥手。军官正好求之不得,因为这样他就可以亲自解释了。他拉住一个曲柄，把身子靠在上面，说道："这架机器是我们前任司令官发明的。我从最初开始试验时就参与这事，一直到最后完成都有份。不过发明的荣誉还是应该归他一个人。您听说过我们的前任司令官吗？没有？那么，如果我说整个流放地的组织机构都是他一手缔造的，这并不算夸大其词。我们这些他的朋友甚至在他死以前就相信，流放地的机构已经十全十美，即使继任者脑子里有一千套新计划也会发现，至少在好多年里，他连一个小地方也无法改变。我们的预言果然完全应验了；新的司令官不得不承认这是事实。您没有见到过老司令官，这真可惜！——不过，"军官打断了自己的话，"我只管乱扯，却忘了眼前他的这架机器。您可以看到，它包括三个部分。随着岁月的过去，每个部分都有了通用的小名。底下的部分叫作'床'，最高的部分叫'设计师'，在中间能上下移动的这个部分叫作'耙子'。""'耙子'?"旅行家问。他听得不很用心,在这全无阴影的山谷里阳光那么强烈,叫人思想很难集中。他更加佩服那个军官了,军官虽然一本正经地穿着紧腰身的军服外套,满身都是一道道的绦带,外加沉甸甸的肩章,可还是那样热忱地往下说着,此外,还拿了一只扳子走来走去拧紧螺丝帽。至于小兵,他的情形和旅行家差不多。他把犯人的铁链绕在自己两只手腕上,身子支着步枪,耷拉着头,对什么都不注意。旅行家并没有感到惊异,因为军官说的是法语,无论兵士还是犯人当然是一句法国话也不懂。但因犯仍然努力地谛听军官的解释,这倒是很有意思的。他一面发困,一面还是死死地盯着军官手指指向的地方,每逢旅行家提出问题打断了军官的话,他也和军官一样向四处张望。

"是的,就叫'耙子',"军官说,"这是个很恰当的名称。它上面安着针,就跟耙齿似的,整个部分的作用也和耙子差不多,虽然它只局限在一个地方操作,也正因如此,设计起来就需要更高明的技巧。不过,您反正很快就会懂得的。犯人就躺在这儿的'床'上——我想在发动机器以前先解释一下,这样您就能更好地了解它的工作程序了。而且,'设计师'上有个钝齿轮快磨损了;机器一开动吱吱嘎嘎吵个不休,您说话连自己都听不见;不幸的是,这儿很难配到零件——嗯,我刚才说过了,这是'床'。它上面铺满了粗棉花;以后您会知道这有什么用。犯人就躺在粗棉花上,脸朝下,当然,衣服差不多都得脱光;这是绑住他双手的皮带,这是绑脚的,这是绑脖子的,这就可以把他紧紧地捆住。这儿,在床头上,有个毛毡的小口衔,我刚才说过,犯人先是脸朝下地躺在这儿,所以口衔正好塞到他嘴里。这是为了不让他叫,不让他咬舌头。犯人当然不得不把毛毡衔在口中,不然他的脖子就会给皮带勒断。""这是粗棉花吗?"旅行家问道,身子向前弯了弯。"是的,当然是的,"军官微笑着说,"您自己摸摸看。"他握住旅行家的手向床伸去。"这是特制的粗棉花,所以看上去和普通的不一般;我马上就告诉您它有什么作用。"旅行家已经开始对这架机器有些感兴趣了;他一只手放在眼睛上挡住阳光,抬起头来仔细看着机器。这是个庞然大物。"床"和"设计师"大小相同,看上去像两只黑黢黢的箱子。"设计师"悬在"床"上两米高的地方;这两个部件四角绑在四根铜棍子上,棍子在太阳光下熠熠发亮。在这两个箱子之间,"耙子"就顺着一根钢条上下移动。

那军官方才几乎没有注意到旅行家的冷淡,现在却非常清楚地察觉对方开始出现的兴趣;所以他停住解释,让人家有时间静静地观察。那罪犯在模仿旅行家;他无法将手放在眼睛上,只得在阳光下抬头凝望。

"那么,人先躺下来。"旅行家说,往椅背上一靠,叉起了腿。

"对,"军官说,把帽子往后推了推,用手摸摸他那发烫的脸庞,"请您注意!'床'和'设计师'上都安了电池;安在'床'上是因为它本身有需要,'设计师'上的那个是为了'耙子'。一等犯人拴紧在皮带上,'床'就开始行动。它立刻颤动起来,震动得非常快,左右上下都移动。您在医院里一定见过类似的机器;只是我们'床'的动作都是精确地计算好的;您明白吗,它们得和'耙子'的动作完全一致。'耙子'才是真正处决的工具。"

"对这个人是怎么判决的呢?"旅行家问。

"您连这个也不知道?"军官惊愕地问,咬了咬嘴唇。"请原谅,我的解释真是太零乱了。我真的要请您原谅。您明白吗,一向都是司令官亲自解释的;可是新的司令官逃避了这个责任;可是对您这样一位重要的参观者——"旅行家想用两只手来谢却这种光荣;然而军官还是坚持地说——"这样一位重要的参观者,却连我们的判决是什么都没有说，这倒是一个新的发展，这真叫——"他正想用火气更大的话，可是又抑制住了，仅仅说："人家没有把这一点通知我，这不是我的错。不过从各方面说，我当然是最适宜于给您解释审判过程的人，因为我这里有，"——他拍了拍自己胸前的口袋——"我们前任司令官亲笔绘制的草图。"

"司令官自己制的图？"旅行家问，"那他不是一身什么都兼了吗？他难道既是军人，又是法官，还是工程师、化学师和制图师？"

"他的确是的。"军官说，同意地点点头，脸上泛出一种朦胧迷惘的神色。接着他细细察看自己的手，手好像不够干净，不能就这样接触图纸；所以他又到水桶那儿去重新洗过。接着他抽出一只小皮夹子，说："我们判得并不算太重。不管犯人触犯的是什么戒律，我们就用'耙子'把这条戒律写在他的身上。这个犯人，比方说吧，"——军官指了指那个人——"他的背上将要写上：尊敬上级！"

旅行家瞥了犯人一眼；军官指着他的时候，他垂着头站着，分明是在用心谛听别人的话。然而他那闭紧的厚嘟嘟的嘴唇在不住翕动，这就完全表明他一个字也听不懂。旅行家头脑里涌出了许多疑问，可是看到犯人，他仅仅问："他知道自己的判决是什么吗？""不知道。"军官说，急于要往下解释，可是旅行家打断了他："他不知道对他所做的判决？""不知道。"军官重复道，他停住了片刻，仿佛是让旅行家再想想自己的问题，然后说："根本没有必要告诉他，他会从自己的身上得知的。"旅行家不想再问什么了，可是他发觉犯人的目光转向了他，仿佛在问他是否赞同这样荒唐的行为。本来他已经靠在椅背上了，这一来，他又把身子往前探探，提出了另一个问题："不过他一定知道自己被判决了？""这他也不知道。"军官说道，朝旅行家笑笑，似乎在等待他再说一些不可思议的话。"不知道，"旅行家说，一面揩揩前额，"那么他也无从知道他的辩护是否有用了?""他根本没有机会提出辩护。"军官说,他把眼光转向远方,免得旅行家听到对理所当然的事情的解释觉得不好意思。"可是他总得有机会给自己辩护吧。"旅行家说道,并且从椅子上站起身来。

军官明白他对机器的解说有长期被打断的危险;因此他走到旅行家前面,拉住旅行家的手臂,另一只手向犯人指指,犯人感到自己分明成了注意的中心,就马上站得笔直——而小兵也把链条扯了扯——军官说:"事情是这样的。我被任命为流放地的法官,虽然我还年轻。因为我是前任司令官在一切流放事务上的助手,对这架机器知道得也最多。我的指导原则是:对犯罪无须加以怀疑。别的法庭不能遵照这个原则,因为他们那里意见不一致,而且还有高级法庭的监督。这里就不同了,至少,在前任司令官的时代可以这样说。新上任的那位当然露出想干涉我的判决的意思,可是到目前为止我还是把他顶了回去，今后一定还顶得住。您要我解释一下这个案子吗，这非常简单，跟所有的案子一样。有个上尉今天早上向我报告，派给他做勤务兵睡在他门口的这个人值勤时睡着了。您知道吗，他的责任是每小时打钟的时候起来向上尉的门口敬礼。这个工作不算重，但是很有必要，因为他既是哨兵又是勤务兵，两方面都必须机灵。昨天晚上那个上尉想考查这个人有没有偷懒。两点钟打响的时候他推开房门，发现这个人蜷成一团睡着了。上尉拿起马鞭抽他的脸。这个人非但不起来求饶，反而抱住主子的腿，摇他，还嚷道：'把鞭子丢开，不然我要活活把你吃了。'——这就是罪证。上尉一小时前来找我，我写下了他的报告，添上判决词。然后下令把这个人锁起来。这一切都很简单。要是我先把这个人叫来审问，事情就要乱得不可开交。他就会说谎，倘若我揭穿他的谎话，他就会撒更多的谎来圆谎，就这样没完没了。可现在呢，我抓住了他,不让他抵赖——您现在清楚了吧?不过我们是在浪费时间,应该开始执行了,可是机器我还没有解释完呢。"他把旅行家按回到椅子里,又走到机器前说:"您可以看到,'耙子'的形状是和人的身体相符的;这是对付躯体的'耙子',这是对付腿的'耙子'。对于头部只有这个小小的长钉子。这清楚了吧?"他和颜悦色地向旅行家俯着身子,急于提供最最详尽的说明。

旅行家想起"耙子"不由得眉头一皱。司法程序方面的解释并没有使他满意。他只好提醒自己说,这儿不过是流放地,采取非常措施是必要的,而且军纪也是必须坚决遵守的。他还觉得对于新司令官可以寄予一定的希望,他显然主张采用——虽然是逐步地——一种新的司法程序,而这是这个军官狭隘的思想所不能理解的。这一系列的思想又促使他提出另一个问题:"司令官亲自参加处决吗?""不一定。"军官说,这个直愣愣的问题触到了他的痛处,他那和善的神色暗淡下去了。"正因如此我们必须抓紧时间。虽然我很不情愿,但我还是得把说明缩短些。不过当然,到明天,当机器收拾干净以后——它容易脏是它的一个缺点——我可以补述所有的细节。现在我们只能拣重要的说——当犯人躺在'床'上,'床'开始震动的时候,'耙子'向他的身体降落下来。它是自动调节的,所以针尖刚刚能触到他的皮肤;一接触以后,钢带就立刻硬起来,成为一根坚硬的钢条。接着工作就开始了。一个外行的旁观者根本分不清各种刑罚之间的区别。'耙子'操作时看起来都是一样的。它颤动时,针尖刺破了随着'床'而震动的身体上的皮肤。为了便于观察处决的具体过程,'耙子'是用玻璃做的。把针安到玻璃上去在技术上是个问题,可是经过多次试验之后我们克服了这个困难。对我们来说,根本没有什么困难是克服不了的,您明白吗?现在,谁都可以透过玻璃观察身体上刺出来的字了。您愿意走近一些看看这些针吗?"

旅行家慢慢地站起来,走过去,俯身在"耙子"的上面。"您瞧,"军官说,"有两种排列成各种形式的针。每根长针旁边搭配了一根短针。长针管刺字,短针喷出一泡水来把血洗掉,使刺的字清清楚楚。接着,血和水就通过小沟流进大沟,最后又从排水管流到坑里去。"军官的手指一直沿着血和水的路线转了一遍。为了尽量逼真,他还把双手凑在排水管的出口上,仿佛在接流出来的东西,在他这样比画的时候,旅行家把头缩了回来,一只手在背后摸索,想坐回到椅子上去。使他恐惧的是,他看到犯人跟在他后面也接受军官的邀请,到近处去观看"耙子"了。那犯人攥着链子把昏昏欲睡的兵士拖向前来,自己俯身在玻璃上。可以看到,他那狐疑不定的眼睛想看明白那两个上等人瞧的是什么,可是因为听不懂解释,根本摸不着头脑。他东张张西望望,眼光不住在玻璃上溜来溜去。旅行家想把他赶走,因为他这种做法似乎是不许可的。可是军官用一只手坚定地阻住他,另一只手从土堆上抄起一块土朝兵士身上扔去。兵士吓了一跳,睁开了眼睛,看到犯人竟如此大胆,就扔下步枪,脚跟使劲地抵住地面,把犯人往后拖,犯人一趔趄,立刻倒了下来。兵士接着站在那儿低下头来,瞧这个套着锁链的人怎样挣扎得发出吭啷吭啷的声音。"把他拉起来!"军官嚷道,因为他发现旅行家的注意力大大地分散到犯人身上去了。事实上旅行家不知不觉中竟把整个身子靠在"耙子"上,专心致志地在观察犯人的遭遇。"对他当心点!"军官又喊道。他绕过机器跑了过来,亲自抓住犯人的胳肢窝,由兵士帮着把他拖了起来,犯人的两只脚还不住地往下滑溜。

"现在我全明白了。"旅行家在军官回到身边时说。"只除了最重要的部分,"军官答道,抓住旅行家的手臂朝上面指点着,"在'设计师'里全是些控制'耙子'的动作的齿轮,判决规定刺什么字,机关就怎么调节。我仍然沿用前任司令官所拟定的指导计划。就在这儿。"——说着,他从皮夹里抽出几张纸来——"不过我很抱歉,不能让您拿在手里看,这些就是我最珍贵的财产了。请您坐下,我拿在您面前给您看,这样您就可以把什么都看个一清二楚。"他摊开了第一张纸。旅行家本想说几句夸奖的话,可是他看到的只不过是许许多多线乱七八糟地交叉在一起,像迷宫一样,纸上布得密密麻麻,简直看不到还有空白。"您看呀。"军官说。"我看不清。"旅行家说。"不过这不是很清楚的吗?"军官说。"这很巧妙,"旅行家模棱两可地说,"可是我看不明白。""对了,"军官笑着说,又重新拿走图纸,"这可不是给小学生临摹的习字本。得好好研究才行。我相信您最后也会弄明白的。当然,不是马马虎虎刺几个字就算了;我们不打算把人一下子就杀死,而是一般地说,在十二个小时之后；转折点预定在第六个小时上。因此，在真正的字的周围得雕上许许多多的花；字本身只不过在身体周围绕上窄窄的一圈；身体其他地方都用来刻装饰性的图案。您现在能够欣赏'耙子'和整部机器的工作了吧？——您瞧瞧！"他奔上梯子，转动了一个轮子，向下面喊道："注意，靠边上站！"接着一切都发动了。倘若不是轮子发出吱吱嘎嘎的声音，一切倒都很美妙。轮子的吵声似乎使军官吃惊，他对它挥了挥拳头，又向旅行家摊了摊手，表示抱歉，接着又迅速地爬下来，从底下注视机器的操作。有些只有他一个人看得见的部件依旧不大对头；他又爬上去，两只手在"设计师"里拨弄了一阵，然后不走梯子，却从杆子上滑下来，为的是快一些，他放开嗓子，对着旅行家的耳朵大嚷，以便压过一切嘈杂的声音："你看明白了吗？'耙子'开始写字了；等它在人的背上刻下草稿以后，那层粗棉花就转动，慢慢地把人的身体翻过来，好让'耙子'有新的地方刻字。这时写上了字的那一部分鲜肉就裹在粗棉花里，粗棉花专门用来止血，使得'耙子'可以把刺上的字再加深。接着身子继续旋转，'耙子'边上的这些牙齿把粗棉花从伤口上撕下来，扔进坑里，让'耙子'继续工作。就这样，整整十二个小时，字刻得越来越深。头六个小时里，犯人依旧生气勃勃的，只是觉得很痛苦。两个小时以后，毡口衔拿掉了，因为犯人再也叫不动了。而在这里，在床头用电烤热的盆子里，将倒下一些热腾腾的米粥，犯人如果想吃，可以用舌头爱舔多少就舔多少。从来没有人错过这个机会。我也算得经验丰富了，可就不记得有一个错过的。只是大约在第六个小时上，犯人才失去了任何食欲。这时，我往往跪在这里观察事情的发展。犯人很少有把最后一口粥吞下去的，他只是让它在嘴里滚来滚去，然后吐在坑里。这时我得闪开，不然他就会啐在我的脸上。可是一到第六个小时他就变得多么安静！连最愚蠢的人也感到茅塞顿开。这个过程是从眼睛开始，从那儿扩张出去的。在这个时刻连我都禁不住想投身到'耙子'底下去呢。这时没有别的情况，只是犯人开始理会身上所刺的字了，他噘起了嘴仿佛是在谛听。您也看到，就算用眼睛来辨认所刺的字也很困难；可是我们这儿的人是凭自己的伤口来辨认的。这当然是件难事；他花六个小时才做到这一点。到这时，'耙子'已经几乎把他刺穿了，他给扔到坑里，掉在血、水和粗棉花当中。这时，判决算是执行了，于是我们，那小兵和我，就把他埋了。"

旅行家一直让自己的耳朵朝着军官，双手插在背心口袋里，观察机器的操作。犯人也在瞧，只是一点也不明白。他身子微微前俯，在专心地看活动着的针，这时军官向小兵做了个手势，小兵从背后一刀划破了犯人的衬衫和裤子，衣服掉了下来；他想抓住往下掉的衣服把自己赤裸裸的身子遮住，可是兵士把他举起来，抖落了他身上剩下的一丝丝破片。军官关上机器，犯人就在这突然的寂静中给放在"耙子"底下。铁链子松开了，皮带却绑紧了；起先，犯人几乎还觉得松了一口气呢。可是紧接着"耙子"往下降了降，因为这个人瘦得很。针尖碰到他的时候，他皮肤上滑过一阵冷战；兵士忙着拴紧他的右手，他把左手也盲目地伸了出来；手正好指向旅行家所站的地方。军官不断斜过眼睛瞟瞟旅行家，好像要从他脸上看出他对这次处决有什么印象，至少，这件事是对他解释得非常草率的。

系手腕的皮带断了；也许是兵士把它抽得太紧了吧。军官只得亲自来过问，兵士把断了的皮带拿起来给他看。军官向他走过去，说话了，脸仍旧朝着旅行家："这是一架很复杂的机器，所以总免不了这儿那儿要出些毛病；不过这不应该影响对它的总的看法。不管怎么说，换根皮带是最容易不过的事；我干脆用链条吧；这样，右手上微弱的振动当然会受到一些影响。"在捆铁链时,他又说:"维修机器的经费现在大大地削减了。在前任司令官的时代,我可以随意支配一笔特别为这架机器规定的费用。另外,还有一家商店专门出售种种修配的零件。我得承认我用这些零件时简直太浪费了,我指的是过去,而不是现在,新司令官正是这样血口喷人的,他随时都在找岔子攻击我们传统的做法。如今他亲自掌管机器的费用了,倘然我派人去领根新皮带,他们竟要把断了的旧皮带拿去做证,而新皮带呢,要过十天才发下来,而且东西很次,根本不是什么好货色。可是机器没有皮带我又怎能工作呢,这件事就没人管了。"

旅行家私自盘算道:明白地干涉别人的事总是凶多吉少。他既非流放地的官员,又不是统辖这个地方的国家的公民。要是他公开谴责这种死刑,甚至真的设法阻止,人家可以对他说:你是外国人,请少管闲事。那他只有目瞪口呆的份儿,除非赶紧打圆场,说自己对此亦甚为惊讶,因为他旅行的目的仅仅是考察,绝对无意干涉别人伸张正义的做法。可是如今他的内心却跃跃欲试。审判程序的不公正和处决的不人道是明摆着的。也没有人能说他在这件事里有什么个人的利害关系,他与犯人素昧平生,既非同胞,他甚至也根本不同情这人。旅行家持有最高总部的介绍信,在这里受到礼遇,人家请他来参观处决,这件事本身似乎就说明他的意见一定会受到欢迎。更何况他听得再清楚不过,司令官并不支持这种处分,而且对军官抱着几乎是敌对的态度。

这时,旅行家听到军官狂怒地大吼一声。他刚刚好不容易把毡口衔塞进犯人的嘴里,犯人却禁不住一阵恶心,闭上眼睛呕吐起来。军官急忙把他从口衔那儿拖开,想把他的头按在坑上;可是已经太迟了,呕出来的东西已经流满了机器。"全是司令官的错!"军官喊道,毫无意识地摇着面前的铜杆子,"机器给弄得像猪圈一样了。"他用颤抖的手把发生的事指给旅行家看。"我不是每回都一连几小时地向司令官解释,犯人在行刑之前必须饿一整天吗?可是我们的温和的新方针却不以此为然。司令官周围的太太小姐总要让犯人塞饱甜腻腻的糖果才放他走。他从小就是靠臭鱼长大的,现在倒要吃糖果!不过这也罢了,我可以不管这种闲事,可是他们为什么不发新的口衔呢,我已经申请了三个月了。犯人衔着百把个人临死时淌过口水啃啮过的口衔,又怎能不恶心呢?"

犯人垂倒了头,显得很平静;小兵正忙着用犯人的衬衫在擦机器。军官向旅行家逼近,旅行家朦胧地感到不安,退后了一步,可是军官捉住他的手,把他拉到一边去。"我想和您推心置腹地谈几句话,"他说,"行吗?""当然啦。"旅行家说,接着就垂下眼光来恭听。

"您正在欣赏的审判和处决的方式在我们这儿

已经没有人公开支持了。我是唯一的拥护者，同时，也是老司令官传统唯一的信徒。我也再不指望进一步推广这样的做法了；维持现状就已经耗尽了我所有的精力。老司令官生前，流放地到处都是他的信徒；他的信仰力量我还保持了几分，可是他的权力我手里一星星也没有；这就难怪那些信徒都悄悄地溜走了，他们人数倒还不少，可是谁也不敢承认。要是今天这个行刑的日子里您到茶馆去听他们聊天，您听到的也许尽是些闪烁其词的话。这就是那些信徒说的，可是在现任司令官和他的新方针的统治下，他们对我毫无用处。现在我请问：难道因为这个司令官和那些影响着他的女士，这样一个杰作，一个毕生的杰作，"——他指指机器——"就该消灭不成？难道应该听任这样的事发生吗？即使是一个只到我们岛上来几天的陌生人，难道也应该听之任之吗？可是时间已经紧迫了，人家对我当法官这件事快要发动攻击了；司令官的办公室里已经开过会,我是被排斥在外的;连您今天的来临在我看来也是一个意味深长的步骤;他们都是胆小鬼,把您这个陌生人当作挡箭牌——要是在以前,逢到行刑,那是什么气势!早一天,这儿就满坑满谷都挤满了人,都是来看热闹的;一清早,司令官就和女眷们来了;军乐队吹吹打打惊醒了整个兵营;我向上级报告一切都已准备就绪;集合起来的军官——高级军官没有一个敢缺席的——排列在机器周围,这堆藤椅就是那个时代的可怜的遗迹。那时候,机器擦得锃光瓦亮,几乎每一次行刑,我在零件方面都得到新的补充。司令官就在千百个观众——他们一直站到那边山冈上,全都踮起了脚——面前亲自把犯人带到'耙子'底下。今天让一个小兵做的事当时是我的工作,是一个审判长的工作,可这在我还是一个光荣。接着行刑开始了!哪里有什么影响机器操作的噪声。有许多人根本不瞧,他们闭上眼睛躺在沙地上;他们都知道：现在正义得到了伸张。在一片阒寂中，人们听到的只有犯人给口衔塞得发闷的呻吟声。如今机器使人发出的呻吟也不够劲，一经口衔的抑止更是什么都听不见了。可是当年从刺字的针上会流出一种酸液，这在今天已经不许用了。嗯，第六个小时终于来到了！人人都希望在近处看，我们可没法答应所有的请求。司令官英明得很，他规定儿童可以享受特殊权利；我呢，当然，因为公务在身，有特权一直留在前面；我往往蹲在这儿，一只手抱着一个小娃娃。我们是多么心醉神迷地观察受刑的人脸上的变化呀，我们的脸颊又是如何地沐浴在终于出现但又马上消逝的正义的光辉之中啊！那是多么美好的时代啊，我的同志！"军官显然忘了他在跟谁说话；他抱住旅行家，把头压在旅行家肩膀上。旅行家大为狼狈，不耐烦地越过军官的头向别处望去。小兵已经打扫完了，现在正把钵子里的粥倒入盆子。犯人这时好像完全恢复过来了，一看见倒粥就用舌头去舐。小兵不断把他推开，因为这粥显然要到以后才能吃，可是他自己却不按规定，一双脏手伸进了盆子，当着犯人贪婪的脸捧起粥吃了起来。

军官很快就镇定了下来。"我本来不想使您不愉快，"他说，"我知道如今人家听了也无法相信真有过那样的时代了。不过，至少机器还在运转，它本身还是有用的。虽然它孤零零地矗立在这个山沟里，它本身还是起作用的。最后，尸首还会以令人难以置信的轻飘飘的姿态掉进土坑，虽然不像以前，有千百个人苍蝇似的簇拥在四周。那会儿，我们不得不在土坑边上树起一道坚固的栏杆；栏杆早就给推倒了。"

旅行家不想与军官面对面，他转过身去漫无目标地四处乱望。军官还以为他在观看山沟荒凉到何种田地呢；因此军官握住旅行家的双手，使他转过脸来，盯住他的眼睛，问道："您明白这是多么不像话了吧？"

可是旅行家什么也没有说。军官让他独自沉默了一会儿；自己叉开了腿，双手搁在屁股上，一动不动地站着，眼睛凝望着地上。然后他向旅行家鼓励地笑了笑，说道："昨天司令官邀请您的时候我离您很近。我听见他对您说的话。我知道司令官的为人，马上就看穿了他的动机。虽然他大权在握，完全可以采取措施来反对我，可是他还不敢，不过他一定是打算利用您的看法，一个声名显赫的外国人的看法来反对我。他都掂斤播两地算计过了：今天是您来到岛上的第二天，您根本不了解前任司令官和他的做法，您一向受到欧洲的思想方法的拘囿，也许您一般地在原则上反对死刑，对这种杀人机器更是不以为然，而且您又会看到公众对这种处决并不拥护，仪式是那么的简陋——处决的机器又是破败不堪——那么，看到这一切以后，（司令官想）您岂不是很可能不赞同我的做法吗？倘若您不赞同，您是不会隐瞒自己的看法的（我仍然站在司令官的立场上说），因为您这个人是相信自己经过反复推敲而做出的结论的。是的，您见识过也知道尊重各个民族的种种奇风异俗，因此不会像在自己国内那样，用激烈的方式反对我们的做法。不过司令官也不需要这样。随随便便地甚至漫不经心地提上一句也就够了。其实，只要能让他冠冕堂皇地达到目的，您的话根本无须代表您真正的意思。他会用一些刁滑的问题来挑拨您，这我敢打包票。而他那些女眷就会坐在您四周，竖起了耳朵听；于是您就会说：'在我们国家里审判程序不是这样的。'或者是：'在我们国家里，对犯人做出判决以前总要先经过审问的。'或者是：'我们从中世纪以来就不用酷刑了。'这些话全都很对，在您看来都很自然，对我的做法没有表示您的意见，也没有一点点贬义。可是司令官的反应又是如何呢？我可以清清楚楚地看到，我们的好司令如何立即推开椅子，冲向阳台，我也可以看见那些女士怎样跟着簇拥在他后面，我还可以听见他的声音呢——女士们称之为雷霆的声音——嗯，他的话准是这样的：'一位有名的西方旅行家，他是被派出来考察世界各国刑事审判程序的，他刚才说我们执行法律的传统做法是不人道的。出诸这样一位人物的这样的意见使我再也无法支持过去的做法了。因此，我命令，从今天起……'等等等等。您也许会提出异议，说您从来没有说过这样的话，您也没有说我的做法不人道；相反，您的丰富经验使您相信，这是最最人道、最最符合人类尊严的，而且您非常欣赏这架机器——可是已经太晚了；您连阳台都挤不进去，因为那儿都给女士们塞满了；您想引起人们的注意，您想大叫，可是一位女士的纤手会来掩住您的嘴——于是，我的以及老司令的心血就这样完蛋了。"

旅行家只好忍住了笑；如此说来，他原来设想中那样困难的事竟这么轻而易举就能解决了。他支吾其词地说："您把我的影响估计得过高了；司令官看过我的介绍信，他知道我不是什么刑事审判的专家。如果我要发表意见，这不过是我个人一己的看法而已，不会比任何普通人的重要，更谈不上压过司令官，而且，据我了解，司令官在这个流放地掌有至高无上的权力。如果他对您的做法真如您所想这么不赞同，那么即使没有我的微不足道的推动，您的传统怕也维持不了多久了。"

军官是不是终于明白了呢？不，他还没有领悟。他强调地摇摇头，急促地向犯人和小兵扫了一眼，他们都赶忙从粥盆旁闪开，军官走到旅行家跟前，不看他的脸，却把眼睛盯在他大衣上的某个地方，声音比以前更低地说："您不了解司令官；您还是感到——请原谅这种说法——自己在我们所有人面前是局外人；不过，请原谅我，您的影响是怎样估计也不为高的。当我听说您一个人来参观行刑时，我真是高兴极了。司令官这样安排的目的是要给我一个打击，我却要把它变得对自己有利。要是有一大群人来参观行刑，那就不免会有许多窃窃私语和鄙夷的眼光——这会分散您的注意力，现在呢，您能专心听到我的解释，看到机器，这会儿又在观察处决；您无疑已经做出了自己的判断；如果您还有些小地方不够明确，一看行刑就都会解决的。现在我向您提出一个请求：帮助我反对司令官！"

旅行家不让他说下去。"这我怎么做得到呢？"他嚷道，"这是根本不可能的。我既不能帮助您也无法阻止您。"

"不，您能的。"军官说。旅行家有些不安地看到军官把拳头握了起来。"不，您能的，"军官重复地说，更加坚决了，"我有个一定会成功的计划。您以为您的影响微不足道。我却知道这是举足轻重的。不过即使假定您是对的，那么为了保存这个传统，不也应该试一试您那也许真是微不足道的影响吗？那么，就请您听听我的计划吧。您得做的第一件事就是对您今天参观后的观感尽量保持沉默。您什么都不要说，除非人家直接问到您；即使说也应该又短又一般；让人家感到您不愿谈这个问题，您对这事很不耐烦，要是控制不住谈起来，一定很激烈。我并不是要您说谎，我绝无此意；您只需敷衍了事地答上两句，例如：'是的，我看过行刑了。'或者是：'是的，人家对我解说过了。'这就行了，不用再多。您自然有理由流露出不耐烦的情绪，但和司令官不一样。当然，他会误解您的意思，把它解释得合乎自己的脾胃。这正是我的计划的关键。明天，司令官的办公室里将要举行一次高级军官的大会，由司令官主持。司令官这种人当然最喜欢把这样的会弄得很招摇。他授意盖了一个楼座，上面旁观者总挤得水泄不通。我虽然万分厌恶，但还是不得不参加这个会。嗯，不管情形怎样，您反正会接到邀请的；要是您今天照我的话做，人家一定会更迫切地请您出席。不过倘若出于什么神秘的原因,您没有接到邀请,您必须跟他们提一声;这样一来,您就准能参加了。到明天,您就会和女士们一起坐在司令官的包厢里。他不时抬起头来,看看您的确在那儿。在讨论了一些琐碎可笑的事情以后——这大抵是港口方面的事务,除了港口就没有别的——这完全是摆摆样子,让听众感到我们的司法程序也仅仅是议程中的一项而已。如果司令官不提这件事,或是把它搁在后面,我就设法把它提出来。我要站起来报告今天的处决已经执行了。我话不会多,只不过是个声明。这样的声明是不寻常的,可是我还是要做。司令官会跟往常一样,温和地笑笑,向我表示感谢,接着他无法抑制自己了,他要抓住这个大好时机。'刚才我们听到报告说,'他会说这样或是类似的话,'执行了一次死刑。我只想补充一点,这次行刑是在一位客人的目击之下举行的。这是一位有名的旅行家,大家知道,他的访问给我们的流放地带来了光荣。他的出席也增加了我们今天会议的重要性。我们现在是否应该请这位大名鼎鼎的旅行家给我们谈谈,他对我们传统的行刑方式以及审判程序有什么看法呢?'这当然会引起一片喝彩,大家一致同意,其中最最热烈的就是鄙人我。接着司令官向您鞠了一个躬,说道:'那么让我以在座同人的名义,向您提出请求。'于是您走到包厢的前面。您得把手放在大家都看得见的地方,不然女士们会捉住您的手,握紧您的手指的——这时您终于能够当众说出您的看法了。我不知道自己在等待这个时刻到来的紧张心情中是怎样度过的。您演说时,根本不用抑制自己的感情,把真理大声地宣扬出来好了,您从包厢里探出身子,把您的看法,您的不可动摇的信念,向司令官叫嚷出来好了,是的,就是叫嚷。不过也许您不愿这样做,这不合您的脾气,在你们国家里也许人们不是这样干的,不过,这也不要紧,这也一样能博得效果,您连站都不用站起来,只要说很少几句话,甚至声音低得像耳语,只让您下面那些军官听得见,这就够了,您甚至不用提处决缺乏公众的支持、齿轮吱嘎作响、皮带断了、口衔污秽不堪,不用,这一切都由我来负责。哈,您相信我好了,如果我的控诉不把他赶出会场,也会迫使他跪下来承认道:老司令官啊,我对你甘拜下风了——这就是我的计划;您能帮助我实现吗?您当然是愿意的喽,不仅愿意,您简直是非帮助不可呀。"于是军官抓住旅行家两只胳膊,重重地喷着气,盯紧了旅行家的脸。他最后那句话嚷得那么响,连小兵和犯人都注意起来了;虽然他们一句话也听不懂,却中止了吃粥,一面咀嚼本来塞了一嘴的东西,一面瞧着旅行家。

一开始,旅行家就很清楚他该怎么回答;他一生中已有太多的经验,根本不需在这里犹豫不决了;他基本上是正直无畏的。然而现在,面对着小兵和犯人，他倒迟疑了足足有抽一口气的时间。最后，他终于按照必然的说法回答了："不行。"军官眨了好几次眼，却没有把眼光转开。"您愿意听我解释吗？"旅行家问。军官不吭一声地点点头。"我不赞成您的审判方式，"于是旅行家说道，"即使在您对我表示信任之前——当然任何情况之下我也绝对不会辜负您的信任——我就已经在考虑：干预是不是我的责任，我的干预有没有一丝成功的希望。我明白我该向谁去说：当然是向司令官。您使我把事情看得更清楚了，不过倒没有使我加强决心；相反，您真诚的信念倒使我有些感动，不过当然还是影响不了我的看法。"

军官沉默了片刻，他转向机器，抓住一根铜杆子，接着，他稍稍仰后，凝视着"设计师"，似乎要使自己相信一切都很正常。小兵和犯人似乎领悟了什么；犯人向兵士做了一个表示，虽然他被皮带紧紧地勒住，行动很困难；小兵向他弯下身去；犯人轻声说了几句话,小兵点了点头。

旅行家又走到军官跟前,说:"您还不知道我打算怎么办呢。我当然要把自己对审判方式的看法告诉司令官,不过不在公开的会议上,而是在私底下;我也不打算在这里久待和参加什么会议;我明天一清早就走,至少是要上船。"

军官仿佛并不在听。"那么您觉得这样的审判方式不能使人信服了。"他自言自语地说,又微微一笑,仿佛是老人在笑孩子气的无聊似的,笑完了他又径自继续沉思起来。

"那么说时候到了。"最后,他说,突然用明亮的眼睛瞧着旅行家,眼睛里一半是挑衅,一半是呼吁。"什么时候到了?"旅行家不安地问道,可是得不到回答。

"你自由了。"军官用当地的话对犯人说。那人起先还不相信。"是的,你被释放了。"军官说。犯人的脸容第一次真正地活泼起来。这难道是真的吗?这会不会仅仅是军官忽发奇想,马上又会反悔呢?是不是外国人向他求情成功了呢?是怎么回事呢?他脸上表露出这种种疑问。不过这样的时间并不长。不管到底是怎么回事,只要做得到,他当然希望真的得到自由,他开始在"耙子"容许的范围内挣扎起来了。

"你要把我的皮带挣断了,"军官喊道,"安静地躺着!我们很快就会把皮带解松的。"于是他做了个手势叫小兵帮忙,就动手解起来。犯人不作一声暗自笑着,他一会儿把脸转到左边向着军官,一会儿又转向右面小兵那边,同时也没有忘记旅行家。

"把他拖出来。"军官命令道。因为有"耙子",这得多加小心才行。犯人沉不住气,背上已经擦破了几处。

从这时起,军官就几乎不注意犯人了。他走到旅行家跟前,重新掏出小皮包,把里面的那些纸翻来翻去,找到了他要的那张,展开来给旅行家看。"您念念看。"他说。"我没法念,"旅行家说,"我刚才就跟您说我看不清这些字。""仔细些看看怎么样。"军官说,他和旅行家挨得很近,这样他们就可以一块儿念了。可是这样还是不行,于是他就用小手指把字画出来,好让旅行家顺着念下去,他的手指凌空悬在纸上,仿佛怕把纸面玷污了。旅行家也真的努力地尝试了一番,想至少在这方面讨讨军官的喜欢,可是他还是没法念下去。于是军官一个字母一个字母地拼出来,接着把词儿念了出来。"'要公正!'这儿这样写着,"他说,"您现在当然能往下念了。"旅行家向纸凑得那么近,军官怕他碰上,就把纸抽开一些;旅行家没吭声,不过显然他仍旧没法辨认。"'要公正!'这儿是这么写的。"军官又说了一遍。"也许是吧!"旅行家说,"我可以相信您。""那么,好吧。"军官说,至少在一定程度上满意了,于是他拿了纸爬上梯子;他非常小心地把纸放进"设计师"的内部,仿佛在调整所有齿轮的位置;这是一个很棘手的工作,而且一定牵动了非常小的齿轮,因为有一阵子军官的脑袋完全埋到"设计师"里面去了,这说明他须得非常精细地调整这架机器。

旅行家在下面目不转睛地望着他,连脖子都发僵了,眼睛也因天上炫目的太阳而酸疼不堪。小兵和犯人这时在一块儿忙着什么。那个人的衬衣和裤子本来都扔在坑里了,小兵用刺刀尖把它们挑了出来。衬衣脏得叫人作呕,犯人在水桶里把它洗了洗。等他把衬衣和裤子穿上,他和小兵都忍不住哈哈大笑起来,因为那件上衣当然已经从后面割开了。也许犯人觉得自己有义务要引兵士发笑,所以在小兵面前把自己那穿了破上衣的身子转了又转,兵士乐不可支,蹲在地上直打自己的膝盖。可是他们为了对上等人表示尊敬,很快就控制住自己的快乐。

军官终于结束了高处的工作,他带着微笑重新检查了机器的每一个小小的部件,"设计师"的盖子本来一直是敞着的,可是现在他把它关上了,接着,他爬下梯子,先看看坑,然后又瞧瞧犯人,满意地注意到衣服已经给拿了出来,接着他到水桶跟前去洗手,可是等他看到桶里的水脏得叫人恶心,已经为时太晚,他因为无法洗手,感到很不愉快,最后只得把手插到沙土里去——这个权宜之计并不使他高兴,可是也别无他法了——然后,他站起身来开始解制服上衣的扣子。解到一半,他塞在领子里的两条女用手绢掉进了自己的手里。"两条手绢还给你。"他说,把它们扔给了犯人。然后又向旅行家解释道:"是女士们送的。"

他先是扔下制服上衣,接着一件件扔下所有的衣服,尽管分明很急躁,但是每一件衣服拿在手里时都是恋恋不舍的,他甚至还用手指爱抚地摸摸外衣上的银绦带,把一个穗子抖抖整齐。这种爱抚的动作显得很突兀,因为他每脱下一件衣服就马上不情愿地急急地往坑里一扔。他身上最后一件东西是他的短剑和挂剑的皮带。他从鞘里抽出剑,折断了它,把碎片、剑鞘和皮带捧在一起,扔进了坑,他扔得那么猛,使坑里发出挺响的吭啷吭啷声。

现在,他一丝不挂地站着。旅行家咬住嘴唇,一声不吭。他非常清楚下一步将发生什么事,可是他毫无权利阻止军官。如果军官这么珍惜的司法方式真的快完了——也许这还是他干涉的结果呢,他感到自己跟这件事不无关系——那么,军官这样做是对的;如果易地而处,旅行家也不会走别的路。

小兵和犯人起先不明白出了什么事;最初,他们甚至没有往这边看。犯人能把手绢拿回来,觉得很高兴,可是他也没能高兴多久,因为小兵突然出人意料地把手绢一把抢走了。现在犯人想从兵士的皮带底下把手绢抢回去,可是小兵看得很紧。因此他们两人就半开玩笑地扭打起来。直到军官脱光衣服站着，这才引起他们的注意。那犯人察觉什么重大的变化快要发生了，他似乎特别吃惊。刚才发生在他身上的事马上要发生在军官身上了。也许还会进行到底呢。显然是外国旅行家下的命令。这真是报应。虽然他自己受刑没有受到头，可是他报仇却要报个彻底。他脸上漾出一股心满意足的无声的笑容，久久都没有消散。

军官终于朝机器走去了。大家早就知道他对机器了解得一清二楚，可是现在看到他怎么操纵机器，机器又怎样服从指挥，仍然不免大吃一惊。他的手只需摸摸"耙子"，让它起落几次，就把高度调整得对自己正合适了；他仅仅碰了碰"床"的边缘，它就已经颤动起来了；口衔也抬高来迎合他的嘴，可以看出军官对这口衔还是有些勉强，可是他只是躲闪了一小会儿，很快就屈服了，把口衔纳进了嘴里。一切都准备好了，只有皮带垂在两边，可是这显然没有用,军官是根本不用捆的。可是犯人注意到了松弛的皮带,在他看来不把皮带扣上,处决就不够完满,于是他急切地向小兵打了个招呼,他们一起奔过去把军官拴紧。军官已经伸出一只脚要去踢操纵杆,好发动"设计师";他看见两人走来,就缩回脚让人家把他系紧。可是现在他够不着操纵杆了;小兵和犯人都不知道在哪儿,旅行家则是下定决心连一个手指都不动的。然而这也根本没有必要,皮带刚一拴紧,机器就动起来了;"床"颤动着,针在皮肤上面闪烁着,"耙子"在一起一落。旅行家凝目看了好一会儿才想起"设计师"里有个轮子本该发出吱嘎声的;可是一切都很安静,连一点点轻微的噪声也听不见。

正因为机器操作起来那么静,人们都几乎不去注意机器了。旅行家观察起小兵和犯人来。在这两人里,犯人精力更旺盛些,机器上的一切都引起他的兴趣,他一会儿弯下腰来,一会儿踮起了脚,他的食指一直伸出在前面，把种种细节指给兵士看。这使旅行家很烦恼。他本来是决心在这儿留到最后一刻的，可是看到这两个人的模样他受不住了。"回去吧。"他说。小兵倒很情愿，可是犯人把这个命令看成了惩罚。他合起双手央求让他留下来，看到旅行家摇摇头不肯让步，他甚至跪了下来。旅行家看到光是下命令已然无效，正想走过去把他们撵走。这时他听到头上"设计师"里发出一种声音。他抬起头来看看。莫非那个齿轮毕竟要出事不成？可是完全不是么回事。"设计师"的盖子缓缓升起，接着又啪嗒一声打了开来。一只齿轮的牙齿露了出来，逐渐升高，很快整个齿轮都看得见了；仿佛有一个巨大的力量在挤那"设计师"，所以齿轮也无处容身了。齿轮升高，升高，来到了"设计师"的边缘，掉了下来，在沙子上滚了一会儿，然后就躺平了。可是紧跟着又有第二个齿轮升了起来，后面又随着升起了许许多多大大小小的齿轮，在一刹那间，它们也都走上第一个齿轮的老路，大家随时都以为"设计师"准是的的确确出空了，可是另一套大大小小的齿轮又升起在眼前，它们跌落下来，在沙土上往前滚，最后又躺平下来。这现象使犯人把旅行家的命令完全抛诸脑后，齿轮把他迷住了，他一次次地想抓住齿轮，同时也叫小兵来帮忙，可是又一次次惊慌地把手缩回去，因为总有另一只齿轮跳跳蹦蹦地滚过来，吓跑了他。至少在刚开始滚的时候是这样。

在另一面，旅行家感到忧心忡忡；机器显然快要粉身碎骨了；它那静悄悄的操作只是一种假象；他总感到自己该帮帮军官的忙，因为军官再也管不了自己了。可是滚动着的齿轮吸引了他全部的注意力，他都忘了瞧瞧机器别的部分了；这时，最后一个齿轮既然总算离开了"设计师"，他就赶快弯身到"耙子"上去，却不料看到了一件新的、更糟心的没有料到的事。原来"耙子"并没有在写字，却只是在乱戳乱刺,"床"也没有把身体翻过来转过去,却只是颤巍巍地把身体送到针尖上去。旅行家想,如果可能,他打算让整个机器停下来,因为现在已经不是军官所希望的那种精巧的受刑了,这根本就是谋杀。他伸出双手,可是这时"耙子"叉住军官的身体升了起来,转向一边,这本来是第十二个小时上才应该发生的事。血流成了一百道小河,并没有混杂着水,喷水的唧筒也失去了效用。如今,最后一个动作也不能完成了,身子没有从长长的针上落下来,它悬在土坑的上空,不断地流血,却不掉下来。"耙子"也想恢复原位,可是好像自己也注意到没能摆脱负担,所以还是停在土坑的上空。"来帮帮忙!"旅行家向那两个人喊道,他自己已经抓住了军官的脚。他想,他这边拉脚,那两个人在对面抱头,这就可以慢慢地把军官从针上卸下来。可是那两人下不了决心过来;犯人甚至把身子转了过去;旅行家不得不走上前去强迫他们站到军官头部那儿去。在这里，他几乎违背自己的意志看了看死者的脸。面容一如生前；也没有什么所谓罪恶得到赦免的痕迹。别人从机器中所得到的，军官可没有得到。他的嘴唇紧闭，眼睛大睁，神情与生前一模一样，他的脸色是镇定而自信的，一根大铁钉的尖端穿进了他的前额。

旅行家，后面跟着小兵和犯人，来到了流放地最早的建筑物的前面，小兵指着其中的一所房子，说道："这就是茶馆。"

这所房子的底层是个又深又低的洞窟似的房间，四壁和天花板都给烟熏得乌黑。它的整个门面全向大路敞开着。流放地的房屋都颓败不堪，连司令官的宫殿式的总部也不例外，这家茶馆虽然没什么不同，却给了旅行家一个印象，仿佛这是一个古迹，他感到了历史的力量。他向它走近，后面跟着两个伙伴，穿过了门前街上的空桌子，吸到了屋子里流来的凉爽阴冷的空气。"那老头儿就葬在这儿,"小兵说,"神父不肯让他躺到公墓里去。有一个时候,大家都想不出该葬在哪里,到后来,他们就把他埋在这儿。那个军官绝对不会告诉你的,因为这自然是他平生最丢脸的事。有好几回,他甚至想在晚上把老头儿挖出来呢,可是每一回都给人撵走了。""坟墓在哪儿?"旅行家问,他觉得很难相信小兵的话。可是小兵和犯人都立刻同时跑到他前面,伸出手朝坟墓所在地点指去。他们把旅行家一直带到尽里面的墙根,有些顾客在那儿的几张桌子旁坐着。他们看来都是码头工人,身强力壮,留着短短的又亮又黑的浓胡子。他们谁也没穿外衣,衬衫也是破破烂烂的,都是些贫贱穷苦的汉子。旅行家走近时,有几个人站了起来,贴紧墙壁,瞪着眼瞧他。"是个外国人,"这句话轻轻地在他周围传来传去,"他想看看坟墓。"他们把一张桌子推向一边,桌子底下真的有一块墓碑。这是块很简陋的碑石,很低,所以完全可以藏在桌子底下。碑上有些很小的铭文,旅行家得跪下来才能看清。上面写的是:"老司令官长眠于此。他的信徒迫于时势只得匿名建坟立碑。有预言云:若干年后,司令官必将复活,率领信徒由此出发,收复流放地。要保持信心,等待时机!"旅行家读完了就站起身来,他看见周围所有站在一旁的人都在微笑,仿佛也都念过了铭文,觉得非常可笑,正期待着他也抱同感。旅行家不睬这件事,只是散发了一些小钱给他们,等桌子推好,重新盖住了坟,他也就离开茶馆向港口走去。

小兵和犯人在茶馆里碰上些熟人,给留了下来。可是他们准是很快就摆脱了,因为旅行家才走到通向小船的长石级的半路上,他们就在后面追来了。他们大概想在最后一分钟逼他把他们带走。当他在水边和一个摆渡的争论送他上轮船得多少钱时,这两个人直从石级上冲下来,一声不吭,因为他们不敢声张。可是等他们来到水边,旅行家已经上了小船，船夫也刚刚把船从岸边撑了开去。他们本来可以跳到船上来的，可是旅行家从船板上拿起一根打了个大结的绳子，威胁他们，这才阻住了他们。

致科学院的报告

可敬的科学院院士先生们：

　　承蒙诸位垂爱，邀请我向贵院呈交一份关于我过去所经历的人猿生涯的报告，我感到不胜荣幸之至。

　　我深愧无法满足诸位的要求。自从我脱离人猿生涯，已近五年了，从历书上看，这段时间仿佛很短，事实上，尽管我的日子过得如同白驹过隙，时光流逝起来还是极其迟缓。诚然，我生活中有优秀教练的伴随，也不乏金玉良言的劝诫，以及喝彩叫好声和乐队的管弦声，然而根本上我还是孤独的，因为我的那些监护人为了造成一种印象，总与我保持一个距离。如果我一直死抱住我的出身,执着于少年时代的记忆,我绝不会取得目前的成绩。老实说,"不固执"就是我羁绊自己的至高无上的第一诫;虽则我是只自由的人猿,但是我甘心接受这样的约束。其后果呢,当然是过去的影子越来越淡薄。倘若人类许可,我原本也可以经由一道长得足以跨越天地的桥梁,回复到原来的生活,可是我既然驱策自己在造化规定的事业上努力前进,我背后的那个入口也就逐渐缩小变窄;我觉得在人类的世界里更加舒服,格外舒畅;来自我的"过去"跟在我后面的那股强风开始变弱;到今天,它仅仅是一丝吹拂着我的脚跟的微风了;而远处的入口,也就是风所发出和我自己所来自的地方,已变得那么狭窄,即使我有足够的力量与意志想回去,在穿越入口时也非落个遍体鳞伤不可。一句话,用我喜欢的形象的语言来说,一句话:先生们,你们过去的人猿生涯——你们经历中的别的事情也一样——和你们现在之间的距离,不见得比我过去与目前之间的距离大多少。可是世上每一个生物都有搔脚跟的癖好,从小小的黑猩猩到伟大的阿契里斯[1]莫不皆然。

然而如果把要求降低一些,我还可以满足诸位的愿望,为诸位效劳是我求之不得的事。我学会的第一件事便是握手,握手是表示诚恳的意思。既然这样,今天,当我达到事业的高峰时,我愿意在第一次握手所表示的诚恳之外再添上几句诚恳的话语。我在这儿要告诉贵院的事实上并没有任何新内容,当然不会符合诸位的要求,也不能表达我的好意于万一——然而,虽则如此,我的叙述还是应该能够表明:一只往昔的人猿需要遵循什么道路,

---

[1] 即阿喀琉斯,是希腊神话中的英雄,童年时曾被母亲放在冥河中浸过,所以刀枪不入;只有脚跟捏在母亲手里,没有浸到,成为全身的弱点,也是后来致死的原因。阿喀琉斯并无搔脚跟的癖好。作者是在表示人猿一知半解:以己度人,乱用典故。

才能进入人类的世界,并且取得安身立命之道。但是,倘若我不敢肯定自己正确,倘若我在文明世界所有大舞台上的行为不是全然无懈可击,我是不敢用下面琐碎的细节来烦渎诸位的清听的。

我的原籍是黄金海岸。至于捕获到我的经过,那就得借助于旁人的证词了。海京伯公司派出的一个打猎探险队——顺便插一句,后来我与探险队的队长一起干掉过许多瓶上好的红酒——埋伏在海岸附近的一个丛林里,恰巧我和一伙人猿在傍晚时分下来喝水。他们向我们开枪;我是唯一被击中的人猿。我身上中了两枪。

一处是在面颊上,是个轻伤;可是留下了一个光秃秃的大红疤,使我得到了"红彼得"的诨号,这个称呼够可怕的,与我完全不相称,只有人猿才想得出这样的名字,仿佛我和那个耍把戏的人猿彼得——他不久前才去世,在地方上还有些小名气——唯一的不同就是我面上有个红疤似的。不过,此乃插话而已。

第二颗子弹打在我大腿上。这伤势可不轻;直到今天我的腿还有点瘸。最近,我在报上看到一篇文章,那是一万个专拿我出气的空谈家中的一个写的,文章说我还没有能完全控制住自己的人猿本性;证据是每逢参观者来访问时,我总爱脱下裤子给他们看子弹是从何处穿过去的。写这篇文章的人的手指真该一个一个给子弹打断。至于我,只要我愿意,当然可以在任何人面前脱下裤子;你们不会看到别的,只除了梳理得很顺的毛和一个伤疤——请允许我为了特殊的用途挑选一个特殊的词儿,以免引起误会——一颗漫无目标的子弹所造成的伤疤。一切都是光明磊落的;什么都不用隐瞒;当痛苦的真实受到怀疑时,高明的人自然会摈弃华丽的装饰。不过倘若那篇文章的作者胆敢在来访者面前脱下裤子,那情形就大相径庭了,我敢担保他不会这样干。既然如此,我也请这位文雅的先生不必多管我这个粗坯的闲事!

在挨了这两枪之后,我恢复知觉时才发现自己来到了海京伯轮船中舱的一只笼子里——我就是从这时开始逐渐有记忆的。这笼子并非四面都是铁栅的那种,而是钉在柜子上的,只有三面是铁栅,第四面就是柜子。笼子低得我站不直,而且又窄得我坐不下去。因此,我只得弯着膝盖跪着,身子无时无刻不在颤抖;也许有个时期我谁也不愿见,只想待在黑暗当中吧,我总是把脸朝向柜子,所以笼子的铁栅都嵌进了我背部的皮肉。在捉到野兽后的最初阶段,用这种方法囚禁野兽应该是有其优点的吧,我通过自身的经历也无法否认,从人类的角度来看,这也的确是唯一可行的办法。

可是当时我并不作如是观。我生平第一次发觉自己没有了出路;至少是没有简捷的出路;紧贴在我面前的是那个柜子,一块块木板紧紧地接在一起。的确,木板间有一条缝,我刚发现的时候还天真得狂喜地大吼了一声呢，可是那条裂缝小得连尾巴都塞不进去，不论人猿有多少气力也休想把它撑大一些。

应该说，我发出的声音小得迥乎异常，这也是后来听别人告诉我的，人家从我的声音里得出这样的结论：要么就是我很快就会死去，要么就是我能够度过第一个阶段，训练起来准定非常听话。我也真的度过了这个阶段。我绝望地啜泣，痛苦地捕捉跳蚤，悲惨地把一只椰子舐来舐去，不住用脑袋撞柜子，逢到有人走近就对他吐吐舌头——在新生活的第一个阶段里我就是这样打发日子的。可是凌驾在这一切之上的只有一个感觉：没有出路。当然，我现在只能用人类的语言表达当初作为人猿时的感觉，所以表达得并不准确，可是虽然我无法恢复往昔人猿生涯的真实感受，我刚才所说的情况无疑还是虽不中，亦不远矣。

这以前，我对什么都很有办法，可是现在一筹莫展。我给拴住了。就算我给钉死在一个地方，我自由行动的权利也不至于比现在更小些。怎么会落到这步田地呢？搔搔足趾之间的嫩肉，我找不到答案。用背脊死命地顶铁条，直到自己险些给勒成两半，我还是得不到答案。我一无出路，但是我必须找到出路，否则我就活不下去。老是这样面对着柜子——我这条命非断送不可。可是在海京伯马戏团看来，柜子跟前恰恰是最配人猿待的地方——既然如此，那我只得不当人猿了。这真是一个周密而清晰的结论啊，我准是用尽肚子的能耐构思出来的，因为人猿是用肚子思想的。

我担心人们不太了解我所说的"出路"指的究竟是什么。我是就最完整也是最通俗的意义上来用这个词的。我故意不用"自由"之类的字样。我指的并非任何方面都无拘无束海阔天空的感觉。也许因为我是人猿吧，我知道这意味着什么。我也见过渴望自由的人。可是就我来说，不论过去或是现在，我都不希望享受这种自由。请允许我顺便插一句：我甚至觉得，人类因自由两字而上当受骗是否已经太多了一些？正因为自由被视作最最崇高的感情之一，所以，相应的失望也算是崇高的了。好多次，在杂耍戏园子里，还没轮到我上场的时候，我常常看空中飞人怎样在屋顶高处的秋千上表演。他们摆动自己的身子，晃来晃去，向空中跳去，扑进对方的手里，这一个用牙齿咬住那一个的头发。我就想道："这样的自我约束居然也算人类的自由。"这对神圣的大自然母亲该是多大的讽刺！要是让人猿看到这种表演，戏园子的墙壁不给他们笑坍才怪呢。

不，我所需要的并不是自由。我只要有个出路，右边、左边，随便什么方向都成；我再也没有别的要求；即使这个出路到头来仅仅是个幻想，那也无妨；我的要求很低，失望起来也不致太惨。我要出去，随便上哪儿去都成！反正不能一动不动地蹲着，举着胳膊，死在一堵木板墙之前。

今天我看得很清楚，没有内心深处的平静，我是永远也找不到出路的。而且实际上，我后来所获得的一切都要归功于船上头几天内心的平静。但是我之所以能够平静还得归功于船上的水手。

不管怎么说，他们骨子里都是好人。我今天一回想起老在我半梦幻状态的头脑中回响的他们那沉重的脚步声，还是觉得十分愉快。他们有这样一个习惯，不管做什么事，都是越慢越好。比如说，一个人打算擦眼睛，他把手慢慢地举起来，活像那是一副千斤的担子。他们的玩笑开得很粗野，可也很痛快。他们的笑声总混杂着咳嗽声，听起来很怕人，其实并没有什么。他们嘴里总有东西要吐，至于吐出去落在什么地方却从来不管的。他们老是埋怨我把跳蚤传给他们；然而他们并不真生气；他们知道我那一身长毛能藏跳蚤，而跳蚤嘛，总是要跳的；这在他们仅仅是个常识问题。逢到不值班，他们往往围成半圆形坐在我周围;他们不大说话,只是彼此间哼上几声,一味抽烟斗,伸直四肢躺平在柜子上;只要我稍微有点动作,就大拍膝盖;时不时还有人找根棍子来给我搔痒。如果今天有人邀请我再到船上游弋一番,我肯定要拒绝,但是,同样肯定的是,我在中舱度过的岁月的回忆倒也不全是可憎可厌的。

我在这些人当中得到了平静,这是我不想逃走的最主要原因。现在回想起来,我当时仿佛也隐隐约约地感觉到,我要么就是找到出路,要么就是死,可是逃走并不是我的出路。我现在弄不清楚逃走是否真的可能,不过我相信当时一定有可能,对于人猿这永远是可能的。今天,我的牙齿咬硬壳果时都得多加小心了,可是那会儿,我准能逐渐把笼子的门锁咬穿。我并没有这样做。这对我又有什么好处呢?只要我一把头探出去,他们就会重新抓住我,把我关进更坚固的笼子里去;也许我可以钻到别的动物堆里，不致受到注意，譬如说，钻到蟒蛇当中去，它们就在我对面，不过它们会把我缠得闷死过去的；就算我真的溜上甲板，跳出了船舷，我只会在深深的海洋里晃动一小会儿，接着就沉落下去。这一切都是无望的努力而已。当时，我可没有像今天这样以人的思想方式把事情想得一清二楚，不过在周围环境的影响之下，我行动起来仿佛都是想好了似的。

其实我并没有想好；不过，我一声不响把什么都看在眼里。我瞧着这些人走来走去，老是这几张脸，老是这些动作，我甚至还常常觉得，这些都是同一个人。这样说来，这个人或者这些人是可以自由自在地走来走去的了。一个崇高的目标朦朦胧胧地升起在我的面前。没有人答应过我，假如我变得和他们一模一样，我笼子上的铁条就可以撤走。人们对这种显然不可能的偶然事件是不会许愿的。可是，如果真的做到了，那么，得到的结果事后回想起来恰好与事先所设想的不谋而合。现在，我对这些人本身已经没有太大的兴趣。假如我当时决定献身于争取前面提到的那种自由，我当然情愿选择深深的海洋，而不愿走这些人沉重的脸色所提示的出路。总而言之，我根本还没想到这些事情，就已经把他们观察了很久；事实上，完全是由于大量观察，终于使我走上这条明确的道路。

要模仿这些人真是易如反掌。头几天，我就学会了吐唾沫。我们常常互相唾脸，唯一的区别就是我事后把脸舐干净，而人却不这样。很快，我抽起烟斗来就像个老枪了；每逢我用大拇指压压烟袋窝，整个中舱就响彻一片赞赏的哄笑声；不过，很久之后我才分清塞满烟丝的烟斗与空烟斗之间有什么不同。

最叫我头疼的是荷兰杜松子酒。光是这玩意儿的气味就叫我作呕；我尽量强迫自己学着喝；我用了好几个星期才总算克服了嫌恶之感。说也奇怪，水手们对我这方面的内在矛盾比其他的事都更关心。我记忆中已无法把水手们一个个区分开来了，不过反正有一个人老是上我这儿来，有时独自一个人，有时和朋友们一起，白天来，晚上也来，不管什么时辰都来；他总是手里拿着瓶子在我面前摆好姿势教导我。他不了解我。他要猜透我身上的谜。他总是慢慢地拔开瓶塞，瞧瞧我，看我有没有跟着他做；我承认我总是万分热烈地注视着他的，甚至注意得过了分；世界上没有别的老师能找到像我这样努力模仿人类的学生。他拔开瓶塞后就将瓶子举到嘴边；我的眼睛一直盯到了他的下巴；他就点点头，对我很满意，又把瓶子放到唇边；我因为自己茅塞渐开而心醉神迷，一边尖叫，一边到处乱搔乱挠；他欢叫起来，倾侧瓶子喝了口酒；我死命地想亦步亦趋，一着急，在笼子里撒了泡尿，这又使他大为满意；这以后，他伸直擎着酒瓶的胳膊，蓦地往回收，一口气把酒喝干，然后用夸张的姿势向后一靠，好让我学起来容易一些。我做得过于认真，已经累垮了，再也无法跟他做下去，只是软绵绵地靠在铁栏上；而他呢，又揉揉肚子，笑了笑，从而完成了全套理论性的示范表演。

学过理论就开始实践。我不是已经被理论的教育弄得精疲力竭了吗？的确是的；我已经极度地精疲力竭了。但我本是生就的劳碌命啊。我终于还是接受了别人递给我的瓶子，仿佛我很能喝似的；我颤抖地拔去瓶塞子；这个成功的动作总是逐渐灌输给我以新的力量；接着，我简直是惟妙惟肖地照老师刚才的榜样，举起瓶子，放到唇边，然后——然后就厌恶地，极端厌恶地把瓶子往地上一扔，虽然瓶子是空的，里面只有酒的气味。这使我的老师悲哀之至，但更悲哀的是我自己；虽然我扔了瓶子，却还没有忘记用最优美的姿势揉揉肚子和笑上一笑，但是这并不能给师徒俩带来真正的安慰。

我的训练往往就在这样的局面中结束。真亏了我的老师，他并不生气；的确，有时他会用燃着的烟斗烫我的毛皮，以致有些我不易摸到的地方都冒烟了，可是他接着又用他那慈爱的大手把火扑灭；他并没有生我的气，他很明白我们都站在同一条战线上为消灭人猿的本性而斗争，而我这方面的任务是更为艰巨的。

有一天晚上，大概在举行什么庆祝典礼吧，留声机唱着，一个官员在水手当中转来转去——就在这天晚上，趁人家没注意，我拿起一瓶不留心放在我笼子跟前的荷兰杜松子酒。这当儿，人们开始兴趣越来越浓地注视着我，就在这群参观者面前，我用最优美的姿势拔去瓶塞，毫不迟疑地把酒放上嘴唇，眉头没皱一皱，活像个老酒鬼，我滚动着眼珠，屏足了气，老老实实正正经经地把酒喝了个半滴不剩；接着又扔掉瓶子；这回可不是出于嫌恶了，而是作为一种艺术表演；诚然，这一回我忘了揉肚子；却做了另一件事。由于酒意的驱使，由于头脑在打转，我竟用人类的语言干脆而准确地发出了一声"哈罗"！就是这次突变把我送进了人类社会。马上，传来了回音："听，他说话了！"这给我通体流汗的身子带来了抚慰。你们想，这对我的老师和我自己是一个多么巨大的胜利！

让我重复一遍：模仿人类对我来说并没有什么乐趣；我之所以模仿他们是因为我需要有个出路，完全没有别的原因。即使是我刚才所说的那种胜利，我也没有取得多少。很快，我又失去了我的人的嗓音；过了好几个月才重新获得；我对杜松子酒的厌恶又出现了，而且愈来愈剧烈。不过我所选择的道路却永远走定了，毫无犹豫的余地。

当我在汉堡给交到第一个驯兽人手里的时候，我马上就明白在我面前只有两条路：要么就是进动物园，要么就是进杂耍戏园子。我丝毫也没有犹豫。我对自己说：要么想尽一切办法进杂耍戏园子；动物园只不过等于一只新的笼子；一旦进了那儿，你就算完了。

因此，先生们，我就拼命地学习。啊，当你不得不学的时候，你是会拼命学的；当你需要找一条出路的时候，你是会拼命学的；你会不计一切代价地学。你会让鞭子来监督自己；有一点点小毛病就会把自己骂得狗血喷头。我的人猿脾气离开了我，一溜烟地逃得无影无踪，而我的启蒙老师自己却险些变成了人猿，他不得不立即停止执教鞭而进了一家疯人医院。好在他不久之后就给放出来了。

可是我的确累坏了许多老师，有几个甚至是同时给我累坏的。到了我开始对自己的能力有些信心的时候，到了公众对我的进程发生兴趣，我的未来开始变得光明灿烂的时候，我就自己聘请老师，我把他们安置在五个相通的房间里，自己不间断地从这间跳到那间，同时接受他们的教诲。

我的进步真是一日千里！知识的光辉怎样从四面八方渗入我那不断觉醒的脑子呀！我不想否认：

我学习起来真是轻松愉快，左右逢源。我也必须承认：我没有夸大其词，当时不曾，现在更是没有。我用世上从来没有过的惊人的毅力，使自己达到了一个普通欧洲人的文化水平。这件事本身也许不值一提，然而正是它，帮助我走出了樊笼，替我开辟出一条道路——人类的道路。有一句德国俗话真是至理名言：走最难走的路。我正是这样做的，我走的正是最难走的路。我的路已经走完了，只除了争取自由，但这本来不是我所选择的目标。

当我回顾我的发展道路，检阅我的成绩时，我既不妄自菲薄，但是也不志得意满。我双手在裤袋里一插，桌子上有的是酒，在摇椅上半躺半卧，望着窗外；要是来了参观者，我就以得体的礼节不卑不亢地接待他。我的经理坐在外面的接待室里；我一按铃，他就进来听候我的吩咐。我几乎每晚都演出，我的成就可以说得上登峰造极。当我深夜从宴会、科学界的招待会和社交集会回家时，总有一只半驯服的小黑猩猩坐着等我，我又像一只人猿那样，从她那里得到安慰。要是在白天，我看着她就受不了；因为她眼睛里有那种半开化野兽的凶光；别人看不出来，我可看得出，这是我无法忍受的。

不管怎样，总的来说，我还是达到了预定的目的。人们不能说我的努力是没有价值的。况且我不是在呼吁什么宽大为怀的判决，我只是在传播知识，我只不过是做了个报告。对你们诸位亦复如此，可敬的科学院院士们，对于你们，我也仅仅是做了一个报告。

乡村医生

我正狼狈不堪；我得动身去看急症；一个患重病的人在十里外一个村子里等着我，可是外面刮着异常剧烈的大风雪；我有一辆二轮单马车，轮子大，车身轻，赶我们乡下的路最合适不过；我裹上皮大衣，手里拿着放医疗用具的皮包，站在院子里单等上路；可是没有马，就是没有马。我自己的马那天晚上死了，在这个冰冷的冬天里操劳过度累死了；我的女用人走遍整个村子想借一匹马；可是根本不会有希望，我知道，我绝望地站着，身上的雪越积越厚，身子越来越僵。那姑娘出现在门口，只有她一个人，挥动着灯笼；当然，谁会在这样的时刻借马给我赶这样的路呢？我重又在院子里踱起步来；我想不出什么办法；在心乱如麻的痛苦中，我朝长年不用的猪圈的破门踢了一脚。门飞了开来，在铰链上摆来摆去。一股马身上的热气和气息从里面冒出来。一盏吊在绳子上的暗淡的厩灯在里面晃来晃去。一个人在这样低矮的地方蹲着，露出一张长着蓝眼睛的坦然的脸。"要我套马吗？"他问，用两手两脚爬了出来。我不知说什么才好，只是偏下身去看看猪圈里还有什么。女用人这时也站在我身边。"人往往料不到会在自己家里找到什么。"她说，于是我们都笑了。"嗨，老哥，嗨，大妹子！"那个马夫吆喝道，于是两匹高大的侧腹强壮的马儿，腿紧紧地蜷缩在肚子底下，英武的头像骆驼似的低垂着，光靠屁股用劲，便从那个和它们身体差不多大小的门洞里一匹接一匹地挤了出来。不过它们马上就站直了，它们的腿原来很长，身上不住冒着蒸腾的汗气。"去帮他一手吧。"我说，那个听话的姑娘就赶紧过去帮马夫套马具。可是还不等她走近,马夫就紧紧地搂住她,把自己的脸往她脸上贴过去。她尖叫一声,逃回到我这边来;面颊上显出了两排鲜红的牙齿印。"你这个野兽,"我愤怒地喊道,"你想挨鞭子抽吗?"可是这时我想起这是个陌生人;我根本不知道他是打哪儿钻出来的,而且在大家都袖手旁观的时候他却挺身而出帮我找到了办法。他好像知道我在想什么,所以对我的威胁也满不在乎,还是忙着套马,只是把脸向我转过来一次。"上车吧。"接着,他说,的确,一切都弄妥了。我看出这真是一对好马,我还没用这样的马拉过车呢,所以就高高兴兴地爬了上去。"不过我得自己赶车,因为你不认识路。"我说。"当然,"他说,"我不想跟你去,我要和露丝待在一起。""不。"露丝尖声叫道,一面逃进屋去,她不为无因地预感到自己逃不过命运的摆弄了;我听见她插上门链时的咔嗒声;我听见钥匙在锁里转动的声音；我还可以看见她怎样关上门厅的灯，又继续穿过好几个房间以免被人找到。"你得跟我走，"我对马夫说，"否则我就不走，虽然这是急症。我不想为这事让姑娘落到你的手里。""驾，驾！"他喝道；同时拍了拍手；马车向前冲了，直像是湍流里的一根木头；我才听到马夫冲进我屋子时门口坼裂的声音，一阵大风就向我卷来，弄昏了我一切知觉，使我又聋又瞎。不过这仅仅是一瞬间的事，因为我已经到达了目的地，仿佛病人的农舍就坐落在我院子大门外似的；两匹马安静地站停了；暴风雪也敛住了；四下里遍洒着月光；我的病人的父母忙不迭地从屋子里出来迎接，后面跟着病人的妹妹；我几乎是从马车里给抱出来的；他们七嘴八舌叽叽喳喳地说了一大通，可我一个字也听不清；病房里的空气简直无法呼吸；没人管的炉子在冒烟；我想推开窗子；可是我得先瞧瞧病人。那病人面容憔悴，不发烧，不冷，也不热，睁着惘然的眼睛，连衬衫都没穿,这个少年从羽毛被褥上挣扎着坐起来,搂住我的脖子,在我耳边轻声说道:"大夫,让我死吧。"我向房间里四面瞥了一眼,没人听到这句话;父亲母亲正哈着腰静悄悄地站着,在等候我的诊断;妹妹搬来一张椅子给我放手提包;我打开皮包在我的器械里东翻西找;那孩子还是从床上探出身子抱紧我,要我记住他的恳求;我拿出一支镊子,凑在烛光下检查了一遍,又把它放下。"是的,"我恶狠狠地想,"神明在这样的情况下真肯帮忙,送来了失踪的马,因为事情紧急又差来另一匹,甚至还锦上添花,连马夫都饶上了——"直到此时我才重新想起露丝;这两匹马这样桀骜不驯,我怎样才能把她从十里以外的马夫手里救出来呢。这时,两匹马不知怎的已经弄松了缰绳,也不知怎的从外面把窗户顶开了;每一匹把头伸进一扇窗户,直勾勾地瞧着病人,根本不睬这家人惊慌失措的大呼小叫。"还不如立刻就回去吧。"我想,仿佛那两匹马在唤我归去似的,可是我还是让病人的妹妹替我脱去皮大衣,她还以为我热得发昏了呢。有人给我倒了一杯甜酒,那老人拍拍我的肩膀,他拿出心爱的东西来待客,说明对我已经很亲切了。我摇了摇头;在老人狭隘的思想里,这就表示我身体不舒服;因为只有这样才会拒绝喝酒。母亲站在床边劝我喝;我让步了。这时,一匹马朝天花板大喊一声,我把头贴上孩子的胸口,我的湿胡子使他打起战来,这就更加证实了我已经判明的情形;这孩子挺健康,只是血液循环方面有些小毛病,这都怪溺爱的母亲给他灌得咖啡太多了,血液里的咖啡都饱和了,只要推他一把,他就会生龙活虎似的跳下床的。我可不以改造天下为己任,所以还是让他躺着。我是这个区的医生,总是竭力尽我的职守,甚至有些过分了。我收入低微,对穷人却慷慨大方。我还得去看看露丝怎么样,那孩子爱怎样就怎样,再说,我自己还想死呢。冬天仿佛没有了尽头,我在这儿还有什么可为呢!我的马死了,村子里谁也不肯借马。我不得不从猪圈里找出马来拉车;如果它们不正好是马,那我只好赶着猪来了。事情就是如此。于是我对那家人点点头。这些事他们一点都不知道,而且就算知道,他们也不会相信的。光是开开药方容易得很。但要了解人可就难了。哼,我这次来也是最后一次出诊了,不知多少次了,人家总是毫无必要就把我叫出来,对此我也习以为常了,这一区的人晚上老是来拉我的门铃,使我的生活苦不堪言,这回甚至要我牺牲露丝,这个漂亮的姑娘在我家里住了好几年了,可是我几乎没有注意过她——这个代价可太大了,我脑袋里好歹得想个计策出来,好使自己不致对这家人破口大骂,他们即使心地再好也无法把露丝还给我了。可是当我关上皮包,一只手伸进我的皮大衣的时候,全家人都站拢来,父亲嗅了嗅手里的那杯甜酒,母亲显然是对我失望了——为什么呢,你们还要我怎样呢？——她咬着嘴唇，眼眶里满是泪水，妹妹在挥一条浸透血水的毛巾，我几乎想有条件地承认这孩子也许真的病了。我向他走去，他笑容满面地欢迎我，仿佛我向他端去对病人最滋补的肉汤似的——啊，现在两匹马同时嘶鸣了；这叫声一定是上苍遣来帮助我检查病人的——这一回我发现这孩子真的有病了。在他右侧靠近大腿处有一个跟我巴掌一般大的没有包扎的伤口。伤口是玫瑰红的，但各处的颜色深浅不一，伤口深处颜色最深，边缘地带淡些，起了些小小的粒子，里面不时涌出些凝结的血块，敞开着，如同太阳底下的露天矿场。

这是从远处望去的情形。可是仔细一看，情形却复杂得多。我不禁惊讶地轻轻吹了声口哨。许多跟我小手指一般粗一般长的蛆虫在蠕动着，它们也是玫瑰红的，身上也沾满了血污，拼命要从伤口深处扭向亮处，它们有着小小的白脑袋和无数细小的脚。可怜的孩子，你已经无法可救了。我发现了你的大伤口;这个挂在你身上的彩正在毁掉你。那家人现在高兴了;他们看见我忙个不休,于是妹妹去告诉母亲,母亲去告诉父亲,父亲又告诉几个刚进来的客人,他们从月光底下走进洞开的门,踮起了脚,张开胳膊以保持平衡。"你愿意救我吗?"那孩子啜泣着低声说,他因为维系在伤口上的生命垂危而变得盲目了。我这一区的人就是这样,总希望医生能创造出奇迹。他们已经失去了古老的信仰;牧师坐在家里一件一件地拆掉自己的法衣;医生却得是全能的人,一动手术病就霍然而愈。好吧,他们爱这么想就这么想吧;我也没有硬要替他们看病;如果他们错把我用在神圣的仪式上,我也乐得假痴假呆;我还希望怎样呢,我是个乡村的老医生,连女用人都没有了。于是他们就这样来了,这一家人还有村子里的长者,他们剥掉我的衣服;一个老师领了学校的唱诗班来到房子前,用极简单的曲调唱出了这样的词儿:

剥掉他的衣服,他就能治好我们,
假如他治不好,就送掉他的老命。
他仅仅是个医生,是个医生。

接着我的衣服都给脱光了,我安详地望着这些人,手指插在胡子里,头侧向一边。我镇静极了,完全能应付这种局势,而且一直没泄气,虽然这样也不顶事,因为他们又抱住了我的头和脚,把我扛上了床。他们把我放在靠墙的床上,就在受伤人的旁边。接着他们都离开房间;门也关上了;歌声停止了;云翳遮住了月亮;我身子四周的被褥非常暖和;马头在打开的窗子外像影子似的摇曳不定。"你知道吗,"一个声音在我耳边说,"我不怎么相信你。哼,你不过是给风刮来的,并不是用自己的脚走来的。你非但不帮助我,还把我按紧在死人的床上。我恨不得挖掉你的眼珠。""很对,"我说,"这的确不像话。可是我只不过是个医生。我又能怎样呢?相信我,我也难啊。""你以为你这几句道歉的话就能使我满意吗?哦,我一定要挖,我忍不住了。我一直都得忍了又忍。我那个大伤口是我给这个世界带来的唯一的东西;这是我唯一的贡献。""我的年轻朋友,"我说,"你的错误在于你眼光不够全面。我四面八方到处的病房都到遍了,让我告诉你:你的伤口并不算太糟。是在一个死角里的两斧头造成的。许多人愿意给拦腰砍断,但是他们连森林里的叮当声都受不了,更不用说挨斧子了。""真的这样吗?你是不是趁我发烧哄我?""是这样的,相信一个公家医生的老实话吧。"他相信了,就安静地躺着不动。我设法逃走的大好时机来到了。两匹马依旧忠心耿耿地站在原处。我很快就把衣服、皮大衣、手提包都收集在一起;我不想把时间浪费在穿衣服上;如果马儿回去时还跟来时那样神速,我大概一跳出这张床就能回到自己床上了。一匹马驯服地从窗边退后去了;我把那包东西扔进马车;皮大衣没有扔中,它的袖子给一只钩子挂住了。这就不错了。我自己也翻身上马。缰绳松松地拖曳着,两匹马也没有套紧在一起,马车往后颠了颠,拖在最后面在雪地里的是我的皮大衣。"驾!驾!"我喊道,可是马儿并没有飞奔急驰;我们像老年人似的慢慢地在覆雪的荒原上爬行;好久好久,我们的耳边都回响着儿童们新编的但是毛病百出的歌:

哦,病人们,你们笑吧,
医生陪你们上了病床!

照这样的速度我一辈子也到不了家的;我兴旺的业务也要完了;我的后继者在抢我的饭碗,可是没有用,因为他代替不了我;在我的屋子里,那个可恶的马夫在大肆狂虐;露丝是他的牺牲品;我再也不愿想到这上面去了。这么一大把年纪还光着身子在冰天雪地里挨冻,坐的是凡俗的车子,驾的是非凡的马儿,我又是这么老,我迷路了。我的皮大衣挂在马车后面,可是我够不着,我那些手脚灵活的病人根本不帮我的忙。被出卖了!被出卖了!你一旦接受了深夜虚假的急诊——就不会有好结果,永远也不会有。

【全书完】

新流
xinliu

产品经理_于志远　特约编辑_王静

封面设计_朱镜霖　营销经理_郭玟杉　出版监制_吴高林

流动的智慧　永恒的经典

图书在版编目（CIP）数据

在流放地 /（奥）弗兰茨·卡夫卡著；李文俊译.
南京：江苏凤凰文艺出版社，2024. 11（2025. 9重印）.
ISBN 978-7-5594-9057-5

I. I521.45

中国国家版本馆CIP数据核字第2024H9G387号

在流放地

[奥] 弗兰茨·卡夫卡 著　李文俊 译

责任编辑	白　涵
特约编辑	王　静
装帧设计	朱镜霖
责任印制	杨　丹
出版发行	江苏凤凰文艺出版社
	南京市中央路165号，邮编：210009
网　　址	http://www.jswenyi.com
印　　刷	天津中印联印务有限公司
开　　本	710毫米×1000毫米　1/32
印　　张	7
字　　数	84千字
版　　次	2024年11月第1版
印　　次	2025年9月第3次印刷
书　　号	ISBN 978-7-5594-9057-5
定　　价	29.80元

江苏凤凰文艺版图书凡印刷、装订错误，可向出版社调换，联系电话：025-83280257